遠藤周作と歩く「長崎巡礼」

遠藤周作
芸術新潮編集部編

Walk the Nagasaki Pilgrimage with

Shusaku Endo

とんぼの本

新潮社

contents

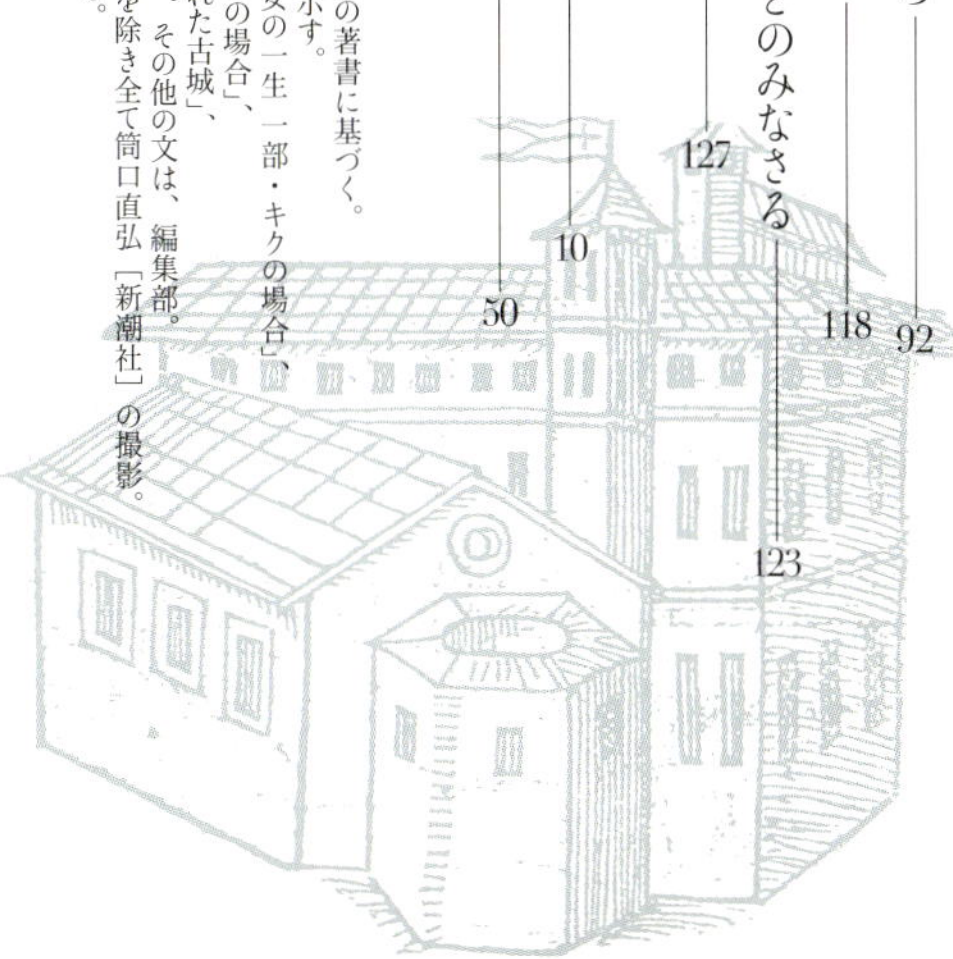

・文中太字の部分は、遠藤周作の著書に基づく。
また、それに続く【】に著書を示す。
以下、沈＝「沈黙」、女一＝「女の一生 一部・キクの場合」、
女二＝「女の一生 二部・サチ子の場合」、
王＝「王の挽歌」、埋＝「埋もれた古城」、
切＝「切支丹の里」と表記する。その他の文は、編集部。
・本書の図版は、特記したものを除き全て筒口直弘［新潮社］の撮影。
＊がついたものは、編集部による。

大野教会（旧外海町・27頁）は、和洋折衷のたたずまい。玄武岩を赤土と漆喰で固めた通称「ド・ロ壁」に年季を感じる。設計・施工はド・ロ神父。明治二十六年竣工［右］　瓦屋根の赤い十字が渋く映える［左］

私の心の故郷

文・遠藤周作
text by Shusaku Endo

長崎は私の故郷《ふるさと》ではない。だが数年前からこの街の古い時代を背景にした長編を考えはじめて以来、そして幾度となくここを訪れてから、長崎は私の心の故郷になっていった。

その長編『沈黙』が完成して二年たった今日でも、飛行機で大村につき、陽光にまばゆく光る海と島とをみる時、私の胸はあたらしい感動と憩《いこ》いとに充たされる。長崎にむかう車のなかで、右手のそれら海と島、左にひろがる畠や石垣や部落や丘や山を食いいるように見つめ、遠い切支丹《キリシタン》時代に、これら同じ風景を眼にした南蛮の宣教師たち、その宣教師たちの教えを信じた人々、さまざまな拷問にあわねばならなかった百姓や漁師たちのことを考える。それは日本の歴史のうちで我々の祖先がはじめて西欧とぶつかった時代のことなのだ。（略）

切支丹時代、この長崎とその周辺は、ヨーロッパ文化のなかでも最も源流をなすもの——あの基督教とまともにぶつからねばならなかった。まともにぶつかったが故に、多くの迫害と多くの殉教とがあった。多くの苦しみと多くの血とが流れた。それから鎖国——その鎖国の間も日本が西欧の空気をほそぼそと知ったのは、長崎出島という小さな埋立地を通してであった。そして幕末から明治初期にかけて、ふたたび、この街は日本が西欧と交流する場所となった。

この本に私はあまり頭のいたくなるようなことを書く気持はない。ただ長崎という多くの文化的背景をもっている美しくも古い街を——そしてやがてあの原爆に燃えた街を、たんなるエキゾチックな眼だけで眺めるべきではないと言いたかったのである。人は奈良や大和を旅する時、その歴史を知ってからいくだろう。だが奈良にも匹敵すべき長崎を訪れる時、雨のオランダ坂やピエール・ロティの蝶々夫人だけでは、あまりに勿体ないような気がするのだ。【切】

長崎の歴史を知れば知るほど、それを学べば学ぶほど、この街の層の厚さと面白さとに感嘆した。更に私の人生に問いかけてくる多くの宿題も嗅《か》ぎとった。それらの宿題のひとつ、ひとつを解くために私は『沈黙』から今日までの小説を書いてきたと言っていい。ここ十数年の間、長崎は私の心の成長に忘れることはできぬ街となった。おいしい養分を与えてくれる母胎となってしまった。

一人の小説家にとって、このような街にめぐりあったことは生涯の幸福である。そしてその幸福を今日まで私は充分に味わうことができた。そんな意味で、その長崎に恩返しのつもりで書いたのが『女の一生』の「一部・キクの場合」である。【女一】

旧外海町を取材中の遠藤周作
［写真提供・文藝春秋］

「沈黙」、「女の一生」は、江戸期から昭和に至る長崎を舞台としている。

本書は、この三部作に書かれた実在の舞台を、小説の文章と共に辿っていくものであるが、ここではまず、各作品の簡単なあらすじと主要登場人物について、紹介しておこう。もし、実際に長崎を訪れる機会があるなら、この三冊（新潮文庫収録）は、読んでから出かけたい。

長崎切支丹三部作

【沈黙】

島原の乱が鎮圧されて間もない、キリシタン禁制下の日本に潜入するポルトガル司祭ロドリゴ。トモギ村でかくれ切支丹たちに出会うも、臆病な信徒キチジローの裏切りから、ついに捕縛され、長崎へ連行される。その間、日本人信徒たちに加えられる残忍な拷問と悲惨な殉教のうめき声に接し苦悩、殉教か背教の淵に立たされる……。

神の存在、背教の心理、西洋と日本の思想的断絶など、キリスト信仰の根源的な問題を衝き、〈神の沈黙〉という永遠の主題に切実な問いを投げかける。

【ロドリゴ】主人公。
【ガルペ】ロドリゴと共に日本へ潜入する同僚司祭。
【フェレイラ】既に日本潜伏中で、昔のロドリゴの師。しかし音信不通……。
【キチジロー】何度も裏切り、踏絵を踏むが、その度に信心戻しをする心弱い男。
【モキチとイチゾウ】殉教するトモギ村の農民。
【井上筑後守】信徒を次々と転ばせる、怖ろしい宗門改方。元信徒との話もある。

【女の一生　一部・キクの場合】

長崎の商家へ奉公に出てきた浦上の農家の娘キク。活発で切れながの眼の美しい少女が想いを寄せた清吉は、禁じられていた基督教の信者だった……。

大浦天主堂でのプチジャン神父による信徒発見に始まり、激動の嵐が吹きあれる幕末から明治の長崎を舞台に、切支丹弾圧の史実に添いながら、物語は進む。

浦上四番崩れで捕えられ流刑になった清吉を救いたい一心からキクは、奉公先を飛び出し、天主堂へ身を寄せるも、ついには花街へ身を落とすことに……。
信仰ゆえに罰せられる若者に、ひたむきな想いを寄せる女の短くも清らかな一生を描き、キリスト教と日本の風土とのかかわりを鋭く追求する。

【キク】主人公。小さい頃からお転婆娘。
【ミツ】キクの従妹。甘えん坊。
【市次郎】ミツの兄。根は正直者。
【清吉】中野郷のかくれ切支丹の少年。
【仙右衛門】かくれ切支丹のリーダー的存在。最後まで信仰を貫き、帰郷する。
【伊藤清左衛門】キクを騙す小役人。
【本藤舜太郎】伊藤の奉行所の上役。切れ者。
【プチジャン神父】信徒発見に関わるフランス人神父。

【女の一生 二部・サチ子の場合】

第二次世界大戦下の長崎で、互いに好意を抱きあうサチ子と修平。しかし、戦争の荒波は二人の愛を無残にも引き裂いていく。修平は聖書の教えと武器をとって人を殺さなくてはならないことへの矛盾に苦しみつつ、特攻隊員として出撃する。そして、サチ子の住む長崎は原爆にみまわれる。激動の時代に、信仰を守り、本当の恋をし、本当の人生を生きた女の一生を鮮やかに描き出す。

【サチ子】主人公。ミツの孫娘。
【修平】サチ子の悪戯っ子な幼馴染み。
【コルベ神父】長崎へ宣教に来たが、後年アウシュビッツで獄死。聖人。
【ジム・ウォーカー】サチ子の米国人の幼馴染み。後に帰国し米軍中尉となる。
【小野】特高課の刑事。長崎のキリスト教信者を主に見張っている。
【大橋真也】修平の大学時代の親友。

【日本紀行】　また、長崎とキリスト教を扱った随筆集としては、「日本紀行」が名高い。この本は、主に「埋もれた古城」と「切支丹の里」の二作品を収録。特に「切支丹の里」は、「沈黙」執筆時における秘話をあかしたエッセイ集として意義深く、本書でも随時紹介した。日之枝城に関するエッセイや、長崎の切支丹の歴史と殉教にまつわる紀行文、「沈黙」の原型とも言える小説「雲仙」などが収録されている。

その他、長崎ないし九州を扱った作品としては、「王の挽歌」、「砂の城」、「母なるもの」、「最後の殉教者」の一読をお勧めする。

［文・編集部］

一枚の踏絵から始まる旅もある

かれこれ四十年ほど前の、初夏のとある夕暮、遠藤周作は、初めて訪れた長崎の街を格別どこに行くあてもなく、歩いていた。最初はタクシーをチャーターして市内の名所巡りをしていたのだが、それにも飽きて、急にひとりになりたくなったのだという。そうして、大浦天主堂前の人混みを避け、ぶらぶらするうちに、ある坂道をみつけた。後年、〈朝、

早くここを歩き、夕暮、ここを歩き、〉〈**長崎に行くたびに私の欠かすことのできぬ散歩道**〉である（100頁）。観光客で賑わう天主堂前から教会の左へ逸れ、すぐ右に折れて行くと、その坂道に出る。今でも〈**あたりは、静寂で、さっきの喧騒が嘘のよう**〉だ。作家はひっそりとした坂道でほっと一息ついて、ぼんやり長崎港のあたりを眺めてから、急な石段を上っていった。坂のてっぺんからグラバー園に沿ってぐるっと回ると、十六番館という木造の西洋館に行き着く。時間つぶしに中に入る。そして、一枚の踏絵を見た――。

薄暗い館内でしばらく、じっと立っていたのは、踏絵自体のためではなく、そとを囲んでいる木に、黒い足指の痕らしいものがあったためであった。足指の痕はおそらく一人の男がつけたのではなく、それを踏んだ沢山の人の足が残したにちがいなかった。【切】

踏んだのはどんな人たちだったのか？　どんな思いで踏んだのか？　私が当事者だったら踏まなかったか？　いや、踏んでしまっただろうか？

踏絵を踏んで転び、転んでなおひそかにイエスを信じ、キリスト教禁制下の江戸時代、永い歳月に渡って独自の信仰をはぐくんでいった、かくれ切支丹たち。彼らはなぜ子育観音や白衣観音をマリアに見たてて祈ったのか？踏んで転んだ弱者としての負い目、哀しさ、うしろめたさのゆえにこそ、彼らは〈**自分たちをゆるし**〉てくれる〈**やさしい母親**〉としてのマリアに必死ですがったのではないだろうか？

一枚の踏絵から始まる旅もある。遠藤周作は〈**黒い足指の痕**〉をいわばパン種にして想像をふくらませ、あの名作「沈黙」を書きはじめた。キリスト教布教の使命に燃えて日本に密入国し、やがて捕縛され、ついに踏絵を踏むにいたるポルトガル人宣教師ロドリゴの悲劇。この長篇小説は一九六六年に上梓され、純文学としては当時異例のベストセラーになる一方、転びを肯定したとして一部の教会では禁書扱いになったという。ともあれ作家は小説の構想を練りあげながら、三カ月に一度は必ず長崎を訪れ、県下の津々浦々、切支丹の面影を訪ね歩く。

そうして生まれた作品「沈黙」、「女の一生」の舞台を、共に読み進むことにしよう。遠藤周作はその雨に濡れる街角で、狭い路地で、何を感じ、何を考え、何を見出したのか？

もし現地へ行かれたのなら、原文を声に出して読まれることをお勧めする。作家の心を、より深く味わえるだろう。そして長崎巡礼が終わった時――、西欧、近代、キリスト教、我々日本人……、遠藤が生涯をかけて格闘した何かが、再び、見えてくるはずだ。

では、出発！

［文・編集部］

遠藤周作の名作「沈黙」は、
この1枚の踏絵との
出会いによって生まれた。
19.5×19cm

長崎切支丹マップ
五島列島
宇久島
小値賀町
小値賀空港
小値賀島
中通島
新上五島町
奈留島
久賀島
椛島
水の浦教会
五島市
福江空港
貝津教会
福江島
0 10km
生月島
中江ノ島
生月大橋
聖フランシスコ・ザビエル記念聖堂
的山大島
度島
上阿値賀島
平戸島
平戸市
平戸港
平戸大橋
たびら平戸口
頭ヶ島
高島
紐差教会
宝亀教会
田平教会
青島
黒島
鷹島
九十九島
江迎鹿町
江迎町
鹿町町
松浦
飛島
福島
松浦市
下枯木島
伊島
佐々
佐々町
吉井
高島
黒島
真申
松浦鉄道
佐世保市
左石
楠久
伊万里
上伊万里
伊万里市
筑肥線
佐世保
国見道路
大木
有田町
桃川
三河内
佐賀県
崎戸島
大島
横瀬浦
蛎ノ浦島
寺島
早岐
ハウステンボス
西九州自動車道（武雄佐世保道路）
佐世保線
佐賀大和IC
武雄北方IC
武雄温泉
西海パールライン
西海橋
波佐見町
武雄市
川登SA
小串郷
川棚町
川棚
大村線
松島
西彼杵半島
武雄JCT
嬉野IC
佐賀
肥前竜王
西海市
彼杵
東彼杵町
嬉野市
東そのぎIC
肥前鹿島
白石町
大野教会
長崎県
千綿
大村湾PA
鹿島市
遠藤周作文学館
出津教会
大村湾
長崎自動車道
肥前浜
黒崎教会
松原
長崎本線
二島
箕島
長崎空港
竹松
大村純忠史跡公園
肥前飯田
大村IC
角力灘
時津町
長与町
高田
本川内
大村市
大村
道ノ尾
長崎本線
大草
岩松
木場PA
鈴田牢跡
太良町
浦上天主堂
長崎バイパス
東園
市布
今村PA
肥前長田
浦上
長崎
長崎芒塚IC
福田港
長崎市
現川
肥前古賀
多良見IC
喜々津
諫早IC
諫早
諫早市
湯江
肥前大浦
小長井
高島
長崎港
端島
善長谷教会
長崎IC
森山
有明海
コルベ記念館
風頭山
日本二十六聖人記念館（西坂処刑場跡）
愛野
吾妻
西郷
大浦天主堂
樺島
雲仙市
多比良町
雲仙地獄
普賢岳
今村刑場跡
島原城跡
島原鉄道
日野江城跡
仁田峠循環道路
島原
橘湾
島原半島
島原市
加津佐
深江
南島原市
原城
口之津港
原城跡
西有家
布津
島原湾
苓北町
通詞島
熊本県
0 5 10 15 20km
0 50km
福岡市
福岡県
生月島
平戸島
佐賀県
佐賀市
佐世保市
大村市
西海市
五島列島
中通島
五島市
福江島
長崎県
長崎市
島原市
普賢岳
南島原市
熊本県

波

濤万里、マカオへ辿り着いたロドリゴ司祭らは、日本潜入のチャンスをうかがうが、キリシタンへの厳しい弾圧状況を知るヴァリニャーノ師は、なかなか許可を出さない。しかし、ついに決断の時がやってきた——。

「もう一つ、私たちには義務があります。それは私たち三人の師であったフェレイラ神父の安否をたずねることです」

「フェレイラ師については、その後、いかなる知らせも手に入れてない。彼に関する情報は悉《ことごと》く曖昧《あいまい》である。しかし、我々にはその真偽を確かめる手筈さえ、今はないのだ」

「というと、彼は生存しているのでしょうか」

「それさえわからぬ」吐息とも溜息《ためいき》ともつかぬ息を洩らされ、ヴァリニャーノ師は顔をあげられました。

「彼から定期的に私に送ってきた通信が一六三三年以来、全く途絶えている。不幸にも病死したのか、異教徒たちの牢獄《ろうごく》につながれたのか、君たちの想像するように栄光ある殉教を遂げたのか、また生き残って通信を送りたくともその方法を見つけられぬのか、今は何も言うことはできぬ」

ヴァリニャーノ師はこの時、あの噂《うわさ》通り、フェレイラ神父が異教徒の拷問に屈服したとは一度も口に出されませんでした。

いざ、ナガサキへ！

結局、上司として慎重な師も、我々の（特に同僚、ガルペの）熱意にまけて日本への密航を遂《つい》に許して下さいました。とうとう骰子《さい》は投げられたのです。日本人の教化と主の栄えの為《ため》に私たちは、今日までどうにか、この東洋までたどりつきました。今後の行先にはおそらく、あのアフリカからインド洋で味わった船旅など比べものにもならぬ困難や危険が待ちうけていることでしょう。しかし「この街にて迫害せられなば、なお、他の街に行くべし」（マテオ聖福音書）そして私の心には、たえず黙示録の「主にてまします神よ。主こそ光栄と尊崇と能力とを受け給《たも》うべけれ」という言葉が浮びます。この言葉を前にする時、他の事はすべて取るに足りぬことです。【沈】

まず、「沈黙」前半の舞台となる、ロドリゴらが潜入したトモギ村（旧外海町）から、我々も歩き始めよう。神への愛、勇気と希望に燃えた司祭は、そこでいったい何を見たのか？

トモギ村に栄光！

「沈黙」の舞台を歩く
その1

旧外海町
＋大村

1.枯松神社
2.黒崎教会
3.遠藤周作文学館
4.沈黙の碑
5.外海歴史民俗資料館
6.ド・ロ神父記念館
7.旧出津救助院
8.出津教会
9.野道キリシタン墓地

【所要時間】昼食含み長崎市内より往復8時間。
【番外編】鈴田牢跡、大村純忠史跡公園［大村市］
長崎空港から2時間程度で回ることが可能。

ここが「トモギ村」だ。
前方の小高い丘、中腹に見えるのは
遠藤周作文学館

1 枯松神社
Karematsu Shrine

時は島原の乱直後の一六三九年。ロドリゴたちは、上陸した〈トモギ村〉で、かくれ切支丹たちと出会い、密かにかくまわれることになる……。

物語の主要な舞台となるトモギ村は、ここ外海一帯がモデルとされている。

翌朝、暗いうちに、昨日の若い男たちに伴われて私とガルペは野良着に着かえさせられ部落の背後にある山に登りました。信徒たちは我々をより安全な場所である炭小屋にかくそうというのです。霧が森も径《みち》もすっかりかくし、その霧もやがて細かな雨に変りました。

炭小屋で我々は始めて自分たちが到着した場所がどこであったかを教えてもらいました。長崎から十六レグワの距離にあるトモギという漁村なのです。戸数は二百戸にも足りぬ村ですが、かつては全村民のほとんどが洗礼を受けたこともあるのでした。

「今は」

「はい。神父様《パードレ》」我々を伴ってきたモキチという若い男は友だちをふりかえり、

「今はわしらには、何もできません。わしらがキリシタンであるとわかれば殺されます」【沈】

ロドリゴが潜伏した炭小屋とは、この「枯松神社」のような山奥の緑深い場所にあったに違いない。旧外海町は見るべき場所が多い。枯松神社は全国に三つしかない切支丹神社だ。

ロドリゴ上陸の後、十七世紀半ば、この地にバスチャンなる日本人伝道士が現われる。椿の大木に指先で十字を書くと、そのあとが幹に残ったという半ば伝説上の人物だ。外海の海岸の洞窟や山中に隠れながら布教につとめ、最後は長崎桜町の牢（35頁）で三年あまり、計七十八回の拷問に耐えたすえ斬首されたという。枯松神社には、そのバスチャンに、日繰り（教会暦）の使用法を教え、海上を歩いて去ったサンジュワン様が祀られている。

サンジュワン様の隠れ家だったという聖なる岩

【歩き方】長崎駅前から、桜の里ターミナル経由、板の浦行き乗車（直通または乗り換え）。一時間半弱後、永田浜下車。

国道を少し戻り、最初の角を左に上っていくと、曲がりくねった路が続き、小雨が降ってきた。誰もいない。聞こえるのは、鳥のさえずりのみ。まさにトモギ村の雰囲気である。

十数分で、左に枯松神社の標識。林の中を進んでいくと下りになり、右に神社の説明板が出る。その坂道を上り、外海総合公園の手前が神社だ。公園にはトイレもある。バス停から所要二、三十分。ちょっとしたハイキングだ。

外海のかくれ切支丹たちの聖地は山の中にある。宣教師サンジュワン様を祀った枯松神社

黒崎教会。ド・ロ神父の指導により建設が計画され、信徒総出の努力の下、23年後の1920年に竣工

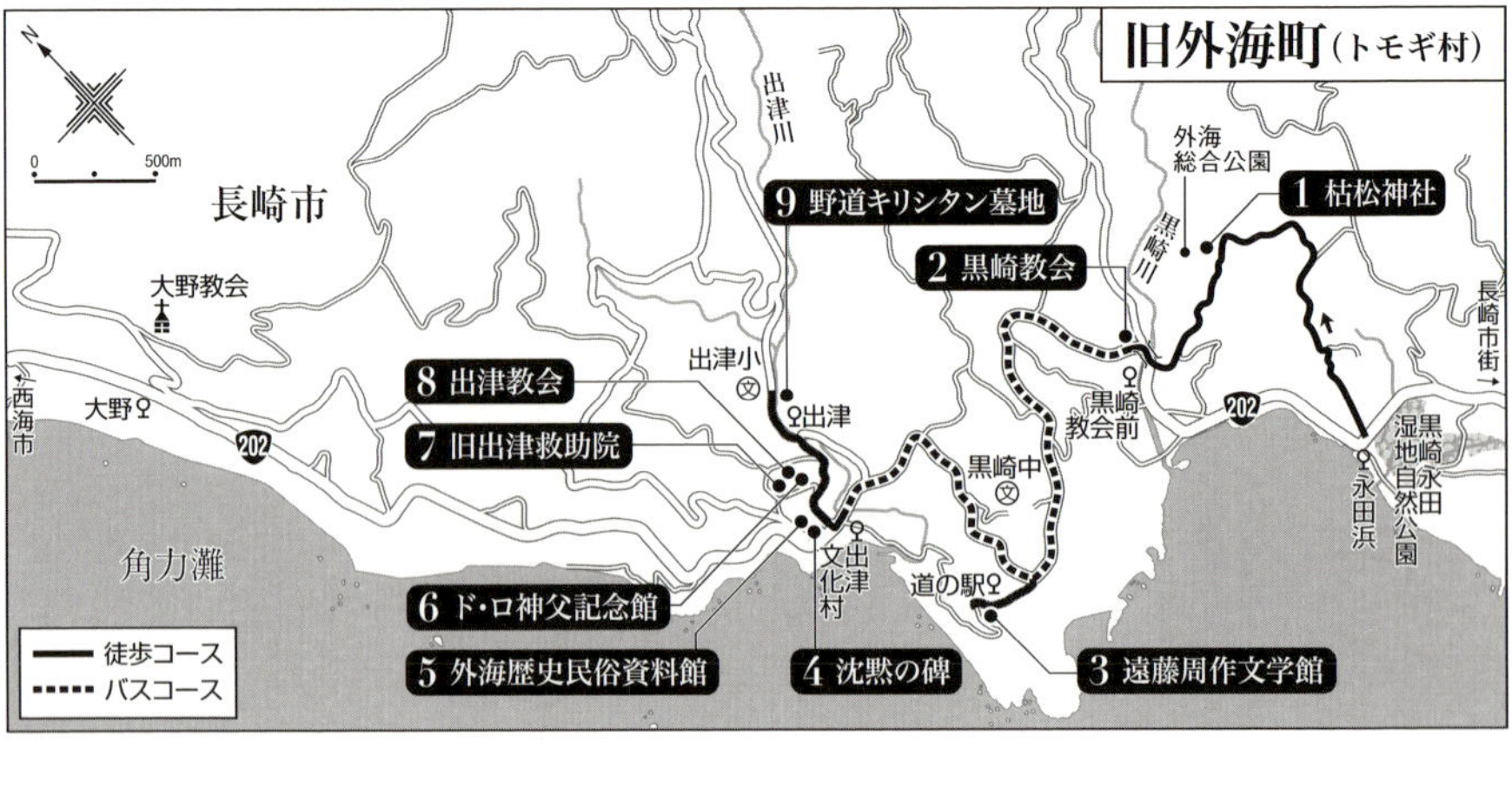

2 黒崎教会

Kurosaki Church

エッセイ集「切支丹の里」には、こんな件りがある。

雨にふりこめられた路を歩いて私はこのカトリック教会をたずねた。こんな小さな漁村にもまるで仏蘭西の田舎のように教会があるのはふしぎだが、考えてみれば、この黒崎村はもともと、かくれ切支丹の村であり、そこからカトリックの改宗者たちが沢山、出てもおかしくはないのである。

その教会は貧しい黒崎村にしては赤煉瓦で作った洒落たものだった。神父さんはその教会の隣の家に住んでいた。川口という頑健な神父様で、日やけがして、そのまま漁に出ても漁師たちに引けはとらぬ太い腕を持っていた。私は彼からこの村に住むかくれ切支丹たちの話を聞いた。【切】

その通り、江戸時代、黒崎をはじめこの旧外海一帯は、かくれ切支丹たちが数多く住む里だった。そもそもキリスト教が外海に伝来したのは、戦国時代の末期の一五七一年、イエズス会の神父が黒崎、出津などの集落を入江ごとに舟で訪れてまわったのが始まりだという。しかし「沈黙」の中のロドリゴらは、日本上陸前にはこんな場所と聞かされていた。

襤褸《ぼろ》をまとったこの男の名はキチジローと言い年齢は二十八か九歳ぐらいでした。我々の問いに漸《ようや》く答えたところによりますと、長崎にちかいヒゼン地方の漁夫だそうで、あの島原の内乱の前に海を漂流していた時、ポルトガル船に助けてもらったのだそうです。酔っているくせに狡《ずる》そうな眼をした男でした。私たちの会話中、時々、眼をそらしてしまうのです。

「あなたは信徒ですか」

同僚のガルペがそう訊《たず》ねると、この男は急に黙りこみました。ガルペの質問がなぜ彼を不快にさせたのか、我々にはよくわかりません。始めはあまり話したがりませんでしたが、やがて我々の懇願を入れて、九州における基督教迫害の模様をぽつぽつ、しゃべりだしました。なんと、この男はヒゼンのクラサキ村で二十四人の信徒たちが藩主から水磔《すいたく》に処せられた光景を見たのだそうです。水磔というのは、海中に木柱を立てて基督信者たちを縛りつけておくことです。やがて満潮がくる。海水がその股《また》の処《ところ》まで達する。囚人は漸次に疲憊《ひはい》し、約一週間ほどすると悉く悶死《もんし》してしまいます。【沈】

【歩き方】神社から説明板の場所まで戻り、今度は右折。しばらく下りると右手に美しいロマネスク様式の教会が見えてくる。見学する前に、黒崎教会前バス停で、遠藤文学館へ行くバスの時間を調べておこう。三十分に一本程度だ。
開場・6-18時　電話・0959-25-0007

3 遠藤周作文学館
Endo Shusaku Literary Museum

美しい海、緑したたる山、そして岬に抱かれた静かな入江の村々。「沈黙」の若き司祭ロドリゴが、キチジローに案内され、人目をさけて日本上陸をはかったのは、この文学館のバルコニーからも見下ろせるそんな村のひとつだ。

真夜中、船はふたたびできるだけ静かに動きだしました。が幸い月がないために空は真暗で誰にも発見されません。半レグワほどの高さの陸地が少しずつ迫ってきます。両側が急な山の迫っている入江にはいりこんだことに気がつきました。浜のむこうに押しつぶされたような家々の塊が見えたのもこの時です。

まずキチジローが浅瀬におり、続いて私が、最後にガルペがまだ冷たい海水に体を入れました。ここが日本なのか、それとも別の国の島なのか、正直な話、三人には見当もつきませんでした。【沈】

文学館は小さな岬の突端に建っていた。館内には「沈黙」の鉛筆書きの草稿、作家の生涯をたどる写真パネルなどが展示され、観光客にまじって若い修道女も熱心に見入っていた。角力灘に面したテラスは眺望絶佳。実際このあたりは夕陽の

館内では書斎が復元されている［写真提供・遠藤周作文学館］

遠藤周作文学館。晴れた日には、遠く五島の島々が見渡せる

名所でもあるのだ。

外海の海岸からは日中、遠く五島列島の一部が望まれる。「五島へ五島へとみな行きたがる　五島はやさしや土地までも　五島へ五島へとみな行きたがる　五島は極楽、行って見て地獄（「五島キリシタン唄」）」。十八世紀後半、外海の農民たちは狭く貧しい土地を捨て、大挙して五島列島へと移住した。が、肥沃な土地には開墾が許されず、かくれ切支丹として差別も受けたという。彼らが必死の思いで渡った海は、今はただ穏やかに、陽光にきらめいている。

【歩き方】 黒崎教会前バス停より、さいかい交通瀬戸行、道の駅（文学館入り口）下車、または長崎コミュニティバス牧野公民館上行（平日のみ）、遠藤周作文学館下車。昼飯は、この文学館内の喫茶室か、出津文化村バス停前の日浦亭などで取れる。どちらでもド・ロ様ソーメンが食べられる。

開場・9‐17時　休・年末年始　料金・大人350円　小中高生200円　電話・0959‐37‐6011

column

キチジローの信心戻し①

「沈黙」のもう一人の主人公は、我々心の弱い人間の代表として描かれているキチジローだ。彼は脅されるたびに踏絵を踏んでしまうのだが……。このコラムでは、その心の葛藤（そして背後に見え隠れする大いなる意志）を追っていきたい。

身震いのするような光景を我々に呟《つぶや》きながら、キチジローは顔を歪めると、突然、口を噤《つぐ》んでしまったのです。（略）おそらくこの水磔に処せられた二十数人の信徒のなかに彼の友人や知人がいたのかもしれない。我々は、触れてはならぬ彼の傷口に指を入れたのかもしれません。

「やはり信者だね、あなたは」

ガルペはたたみ込むように訊ねました。「そうでしょう」

「そうじゃない」キチジローは首をふって、「そうじゃない」【沈】

マカオでは否定していたものの、日本上陸後、キチジローの真実が判明する。

「しかし、キチジローは信徒でない筈だ……」

「うんにゃ、パードレ、キチジロは切支丹にてござります」

これは少し意外な返事でした。しかし我々としてもあの男があるいは基督教徒ではないかと半ば想像はしていたのです。

事情が少しずつわかってきました。やはりキチジローは一度ころんだ切支丹でした。八年前、彼とその兄妹はその一家に恨みをもった密告者のため密告を受け切支丹として取調べを受けたのです。キチジローの兄も妹も主の顔を描いた聖画を足で踏むように言われた時、これを拒絶しましたが、キチジローだけは役人が一寸、脅しただけで、もう棄教すると叫びだしました。兄妹はすぐに投獄され、放免された彼はついに村に戻らなかったのです。【沈】

キチジローは、最初の信心戻しを行うことになる。

キチジローの口軽には迷惑しますが、彼のために恩恵を蒙《こうむ》ったのも事実です。私は彼に告悔《コンヒサン》をすすめ、彼は素直に自分の昔の罪をすべて告白しました。

彼にはあの主の言葉をいつも考えるように命じました。「人の前にて我を言いあらわす者は、我も亦《また》、天にいます我が父の前にて言い顕《あら》わさん。されど人の前にて我を否む者は我も亦、天にいます我が父の前にて否まん」

キチジローはそういう時、叩かれた犬のようにしゃがんで自分の頭を手でうちます。この性来、弱虫男には、勇気というものがどうしても持てなかったのです。性格そのものは本当に善良なのですが、意志の弱さと一寸した暴力にも震えあがる臆病さを治すのはお前の飲んでいる酒ではなく、ただ信仰の力だと私は手きびしく言ってやりました。【沈】

だが、キチジローにはキチジ

ローなりの言い分があった。

この試煉が、ただ無意味に神から加えられるとは思いません。主のなし給うことは全《すべ》て善きことですからこの迫害や責苦もあとになれば、なぜ我々の運命の上に与えられたのかをはっきり理解する日がくるでしょう。だが私がこのことを書くのはあの出発の朝、キチジローがうつむいて呟いた言葉が心の中で次第に重荷になってきたからなのです。

「なんのために、こげん苦しみばデウスさまはおらになさっとやろか」それから彼は恨めしそうな眼を私にふりむけて言ったのです。「パードレ、おらたちあ、なあんも悪かことばしとらんとに」

聞き棄ててしまえば何でもない臆病者のこの愚痴がなぜ鋭い針のようにこの胸にこんなに痛くつきさすのか。主はなんのために、これらみじめな百姓たちに、この日本人たちに迫害や拷問という試煉をお与えになるのか。【沈】

ロドリゴらが潜伏中のある日、トモギ村はかくれ切支丹の村との疑いをかけられた。その結果、キチジローら三人は村の代表として、奉行所へ連れて行かれ、潔白を証明しなければならなくなる。その時――。

「なら、更に言う通りのことをやってみよ」この踏絵に唾をかけ、聖母は男たちに身を委してきた淫売だと言ってみよと命ぜられました。これは、やがてあとになってわかったのですが、ヴァリニャーノ師が最も危険な人物と言われたイノウエが発明した方法でした。一度はその出世のために洗礼もうけたイノウエは、日本のまずしい百姓信徒たちが、なによりもまず聖母を崇拝していることを熟知していたのです。実際、私もトモギに来てから、百姓たちが時には基督より聖母のほうを崇《あが》めているのを知って心配したくらいでした。

「唾かけぬか。言われた言葉の一つも口に出せぬか」

イチゾウは両手に踏絵をもたされ、警吏にうしろを突つかれ、懸命に唾を吐こうとして、とてもできぬ。キチジローも頭をたれたまま身動きしない。

「どうした」

役人にきびしく促されるとモキチの眼から遂に白い泪が頰を伝わりました。イチゾウも苦しそうに首をふりました。二人はこれで遂に自分たちが切支丹であることを体全部で告白してしまったのです。キチジローだけが、役人に脅され喘《あえ》ぐように聖母を冒瀆《ぼうとく》する言葉を吐きました。

そして、

「唾……」

そう命じられて、彼は踏絵の上に、拭うことのできない屈辱の唾を落したのでした。

取調べが終ると牢獄《ろうごく》にモキチとイチゾウの二人は十日の間、放りっぱなしにされました。二人と言いますのは、転んだキチジローだけが追われるように牢から出され、そのまま姿をくらませてしまったからでした。もちろん、彼は今日にいたるまでここには戻ってはいませぬ。とても戻れなかったのでしょう。【沈】

その後逃亡を余儀なくされたロドリゴは、キチジローと再会するも、彼の密告により、遂に捕えられてしまう。だがそれからのキチジローは、不思議な行動をとる……。（つづく）

4 沈黙の碑

Monument of Chinmoku

この丘から見下ろせる松林の海岸（ちょうど文学館の下あたり・13頁）が、ロドリゴの同僚司祭ガルペの殉教の地をイメージさせることから、この地に碑が建てられたという。以下の場面だ。

心の動揺をあらわしたくはなかったが、思わず司祭は牀机から立ちあがった。砂に白くよごれた松の幹ごしに次第に近づく人々の体が少しずつ見分けられた。（略）

（略）そして、三人のうしろに、司祭は自分の同僚であるガルペの姿を見た。（略）

「奉行様も、もしパードレ・ガルペが転ぶと一言、言えば三人の命は助けようと申されておる。既にあの者たちは、昨日、奉行所にて踏絵に足かけ申した」

「足かけた者をむごい……今更」

司祭は喘《あえ》ぎながらそう言ったが、言葉が続かなかった。

「わしらが転ばせたいのは、あのような小者たちではないて。日本の島々にはまだひそかに切支丹を奉ずる百姓たちがあまたいる。それらを立ち戻らすためにもパードレたちがまず転ばねばならぬ」

（略）

彼は人々のために死のうとしてこの国に来たのだが、事実は日本人の信徒たちが自分のために次々と死んでいった。どうすれば良いのか、わからない。行為とは、今日まで教義で学んできたように、これが正、これが邪、これが善、これが悪というように、はっきりと区別できるものではなかった。ガルペがもし首をふれば、あの三人の信徒たちはこの入江に石のように放りこまれる。彼が役人たちの誘惑に従うならば、それはガルペの生涯の挫折《ざせつ》を意味した。どうしていいのかわからなかった。（略）

四人たちに続いて槍をもった二人の役人が、着物を股《また》までからげ、舟ばたをまたぐと、舟は波間にゆれて浜を離れはじめた。まだ時間がある。どうかこれらすべてをガルペと私のせいにしないで下さい。それはあなたが負わねばならぬ責任だ。ガルペが走りだし、波うちぎわから海に両手をあげて飛びこんだ。水しぶきをあげて小舟に近づいていく。泳ぎながら叫んでいる。

「我等の祈りを……聞きたまえ《アウディ・ノス》」

悲鳴とも怒号ともつかぬその声は、黒い頭が波間にかくれると共に消えた。

【沈】

沈黙の碑［写真提供・遠藤周作文学館］

【歩き方】文学館よりバスで、出津文化村か歴史民俗資料館まで乗車。丘の上の資料館手前、海寄りに、沈黙の碑はある。

5 外海歴史民俗資料館

Sotome Museum of History and Folklore

日本潜入直後のロドリゴがマカオへ宛てた手紙の一文はこうであった。

まず百姓たちはあなたがポルトガルのどんな辺鄙《へんぴ》な地方で見られるもの以上に貧しくみじめだということをお知りにならねばなりません。富裕な百姓でさえ、日本人の上層階級がたべる米を年に二度、口に入れるだけなのです。普通は芋と大根という野菜などが彼等の食物で飲物は水をあたためて飲みます。時には草木の根を掘って食べることもあります。彼等の坐る方法は特別です。我々と非常に違っています。膝を地面や床の上につけ、我々がかがむ時のように足の上に腰をおろすのです。彼らにとってこれは休息となりますが、私やガルペには慣れるまで甚《はなは》だこの習慣は苦痛でした。

家屋はほとんどが藁《わら》で屋根を覆い、不潔で悪臭がみちています。牛や馬をもつ家はトモギ村では二軒しかありません。

【沈】

当時の外海は、まさにこのトモギ村と同じような状態だっただろう。そんな村々の慎ましい歴史を振り返ることの出来る資料館がここだ。一階では「農家とくらし」などの展示がされ、二階がキリシタン関係となる。明治初期、外海に赴任してきたド・ロ神父の絵解き版画や、マリア観音、かくれ切支丹のオラショなども見られる。

【歩き方】沈黙の碑の向かい側に建つ。開場・9・17時 休・年末年始 料金・大人300円 小中高生100円（ド・ロ神父記念館の入館料も含む）電話・0959・25・1188

「ド・ロ版画」のうち《善人の最期》。ド・ロ神父が、カトリックの教えをわかりやすく絵解きするため制作させたもの。全10場面あった。

「ド・ロ版画」のうち《地獄》
［2点とも、外海歴史民俗資料館蔵］

6 ド・ロ神父記念館
De Rotz Memorial Hall

7 旧出津救助院
Old Shitsu Kyujoin

8 出津教会
Shitsu Church

時代は下り、「女の一生・二部」の主人公サチ子の友人が育った頃の外海はこんな風だった。

黒崎出身の彼女は山を背にして海に面した自分の村の話をしてくれた。村にはまだ昔からのかくれ切支丹がたくさんいて、その人たちは仏教や神道のまじった彼等独得の宗教を祖先からの基督教だと信じている。カトリックの神父さまが、いくら話をきかせ、再洗礼を受けさせようとしても、彼等は頑《かたく》なに首をふって拒みつづけているのだという。

「そいけん、村ではかくれとカトリックとはたがいに仲の悪かと。おたがい別々にクリスマスも復活祭もするもんね。むこうは古か暦ばつこうて花祭りて言うて復活祭ばやっとるし……」

あのあたりは、ド・ロ神父の布教したところだとサチ子もきいたことがある。昔プチジャン神父たちと大浦の教会にいたド・ロ神父は、あちこちの漁村で農業を教えたり、医者として病人を治したりしたため、漁師や百姓にしたわれた。

【女二】

「女の一生」にも描かれた通り、外海でいまもド・ロ様と慕われるマルコ・マリ・ド・ロ神父（一八四〇〜一九一四）は、名前にドがついていることからもわかるように、フランスはノルマンディー地方の富裕な貴族の息子だった。しかし、その身分を捨て、生涯を神に捧げるべく神学校に入学、二十八歳のとき禁教日本に宣教師として赴任。プチジャン神父の部下として、やがて布教を任された地区が外海だった。

ド・ロ様は、万能の神父だったらしい。「記念館」で神父の遺品を見ると、それがよくわかる。平地に乏しく漁場にも恵まれない外海の極貧ぶりにショックを受けたド・ロ様は、福音伝道のみならず、住民の福祉に八面六臂で駆け回るのである。フランス式の農法を教え、イワシ漁を推進し、孤児院を造り、診療所を開けば「ド・ロさま薬はよく効く」と大評判。住人に現金収入を得させようと、「救助院」という施設を作って、製粉、メリヤス織機、パンやマカロニやそうめんの製造など、あまたの技術を伝授した。必要な器械などは、私財を投じて購入した。

鉄川与助との交流も見落とせない。生涯に50以上の教会を設計・施工（125頁参照）したこの著名な大工棟梁に、聖堂建築の手ほどきをしたのがド・ロ神父なのだ。亡くなったのも長崎司教館の改築工事を監督中、足場から落下したのがもとだった。野道キリシタン墓地にある神父の墓碑にはこう刻まれている。「わが選べる者の労や空しからず」（イザヤ書）。

昼食時、外海町の食堂に入った。メニューに「ド・ロさまそうめん」とある。どんなものだろうと注文してみると、普

出津教会は、なにやらドラマティックな曇り空をバックに、白くすらっと建っていた。設計・施工はド・ロ神父。明治十五年献堂式

晩年のマルコ・マリ・ド・ロ神父［写真提供・日本二十六聖人記念館］

ド・ロ神父愛用の卓上カレンダー

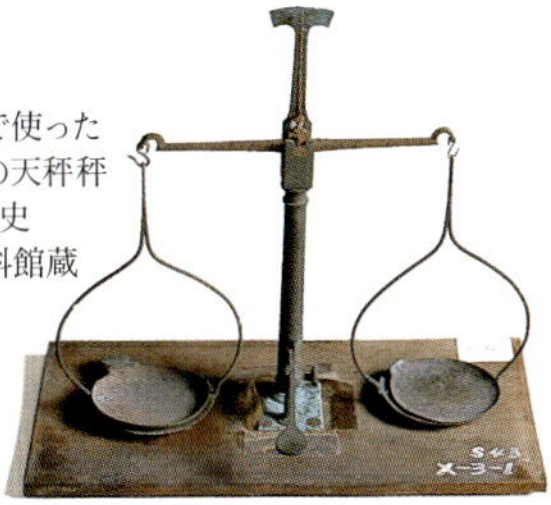

診療所で使った医療用の天秤秤［外海歴史民俗資料館蔵（左も）］

通より少し太めで、パスタに似た食感、コクのある味わいで美味しい。

【歩き方】資料館前の「歴史の道」を進む。ド・ロ神父記念館、旧出津救助院、ド・ロ塀が見学でき、更にド・ロ様が歩いた小道を上ると、出津教会に出る。
ド・ロ神父記念館　開場・9‐17時　休・年末年始　電話・0959‐25‐1081
出津教会　開場・9‐17時　電話・0959‐25‐0012

旧出津救助院前でシスターと話す遠藤周作［写真提供・文藝春秋］

墓地の上段には、平たい石を箱型に積んだ墓碑が並んでいた。数十基の黒ずんだ永眠の列……

9 野道キリシタン墓地

Nomichi Cristian Cemetery

出津小学校近く、山腹を削った段状の野道キリシタン墓地はド・ロ神父が造成したものだ。しかし、たった一人で、無数に並ぶ箱型の墓碑を眺めていると、ロドリゴ同様「怖ろしい想像」が、頭をかすめるかも知れぬ。ご注意あれ。

その時、私は、ふとガルぺと山にかくれていた頃、時として夜、耳にした海鳴りの音を心に甦らせました。闇のなかで

聞えたあの暗い太鼓のような波の音。一晩中、意味もなく打ち寄せては引き、引いては打ち寄せたあの音。その海の波はモキチとイチゾウの死体を無感動に洗いつづけ、呑みこみ、彼等の死のあとにも同じ表情をしてあそこに拡がっている。そして神はその海と同じように黙っている。黙りつづけている。

　そんなことはないのだ、と首をふりました。もし神がいなければ、人間はこの海の単調さや、その不気味な無感動を我慢することはできない筈だ。

（しかし、万一……もちろん、万一の話だが）胸のふかい一部分で別の声がその時囁《ささや》きました。（万一神がいなかったならば……）

　これは怖ろしい想像でした。彼がいなかったならば、何という滑稽なことだ。もし、そうなら、杭にくくられ、波に洗われたモキチやイチゾウの人生はなんと滑稽な劇だったか。多くの海をわたり、三カ年の歳月を要してこの国にたどりついた宣教師たちはなんという滑稽な幻影を見つづけたのか。そして、今、この人影のない山中を放浪している自分は何という滑稽な行為を行っているのか。

　草をむしり、それを口で懸命に噛みしめながら、吐き気のように口もとにこみあげてくるこの想念を抑えつけました。最大の罪は神にたいする絶望だということはもちろん知っていましたが、なぜ、神は黙っておられるのか私にはわからなかった。（略）

　斜面を滑るように走りおりました。ゆっくり歩いていると、この不快な想念が次々と水泡のように意識の上にのぼってくるのが怖ろしかった。もしそれを肯定すれば、私の今日までのすべては、すべて打ち消されるのです。【沈】

ド・ロ神父は外海に眠る＊

【歩き方】出津教会を右手に見て林の中の雑草生い茂る階段を下ると出津川に出る。川沿いの道をしばし歩くと、前方に橋とキリシタン墓地が見えてくる。

　中腹右手の古い墓が、ド・ロ神父のものだが、手前にも新しい墓が建てられた。更に上へ行くと箱型の古いキリシタンの墓が無数に並んでいる。長崎市内への帰りは、出津バス停から。もし時間に余裕が有れば、ド・ロ神父設計の大野教会（大野バス停下車・2頁）へも足を伸ばしたい。

大村純忠史跡公園。終焉の地にふさわしく、芝生の生えたのんびりしたところだ＊

「沈黙」もう一つ別の舞台へ［大村市］

鈴田牢跡
Site of Suzuta Prison

大村純忠史跡公園
Omura Sumitada Historic Park

大村純忠は大村家十八代の領主である。（略）戦国の乱世にあって彼はその周囲の外敵と一族の内乱と闘いながら領国を守るかたわら、波濤万里、日本に訪れるポルトガル船に福田、横瀬浦、長崎のような港を開き、宣教師たちに基督教の布教を許し、やがて自分も洗礼を受けて熱心な信者になった切支丹大名の第一人者である。

彼が一五六三年に洗礼をうけてから大村領の信者は急激に増加し、その数は、二三〇〇〇名に達し、その領地は文字通りの切支丹王国になったのである。

だが現在、これら切支丹の遺跡は大村付近にはそれほどない。それは純忠の息子、大村喜前が棄教者となり、その子、純頼が徳川幕府の禁教令に屈して領内の宣教師、信徒をすさまじく迫害したためであり、切支丹墓碑も川棚、千綿《ちわた》に一つずつ、亀岳に一つ、計三つしか見当らない。けれどもそれにたいして殉教の地は鷹島、放虎原、鈴田、郡などに見られ、殉教者の数もおびただしい。【切】

捕縛され長崎へ護送される途中のロドリゴは、この大村や諫早（次頁）の町を通り過ぎた。

朝がた、大村に着く。乳色の靄が風に次第に追い払われると、陸地の一角に森にかこまれた城館の白い壁が疲れ果てた眼にうつる。城館はまだ建造中らしく、丸太を組んだ足場が残っていた。森の上を鳥の群れが横切って飛んでいく。そして城の背後に萱葺《かやぶ》きや藁葺《わらぶ》きの家々が、ぎっしりと並んでいる。始めて見る日本の町の姿だった。（略）

大村は町といっても藁葺きの家々の集まりで、今日まで彼が見た部落とはほとんど変りはない。しかし、垂髪に小袖を着て、腰のまわりに褶《しびら》をまとった裸足《はだし》の女たちが魚介や薪や野菜を道に並べて立っていた。（略）

街道は海に沿い、長崎に向う。鈴田という部落を過ぎた時、名の知れぬ白い花をいっぱいに咲かせた農家が一軒あった。侍たちは自分らの馬をとめ、徒歩でつき従う男の一人に命じて、水をもってこさせ、それを一度だけ司祭に飲ませた。しかし水は口から洩れて、彼の痩《や》せた胸を濡らしたにすぎなかった。【沈】

【歩き方】鈴田牢跡（カバー）、大村純忠史跡公園だけなら、長崎空港からタクシーで二時間程度で回ることが出来る。

または、鈴田牢跡なら、JR岩松駅下車徒歩二十分。丘の上の大きな十字架が目印。牢跡からは、大村湾が眼下に見下ろせる。史跡公園は、大村駅より坂口行きバス坂口下車すぐ。大村ICの出口そば。その他、空港から大村側へ箕島大橋を渡りきった右側には、天正遣欧少年使節の像が立つ。

column

キチジローの信心戻し②

　舟がゆっくり動きだした時、彼は今朝まで自分が放浪していた山をくぼんだ眼でぼんやり見つめた。夕靄《ゆうもや》の中、山は蒼黒《あおぐろ》く、まるで女のふくらんだ胸のような形で拡がっている。視線をふたたび砂浜に戻すと、そこに乞食のような身なりをした男が一人駆けていた。駆けながら何かを叫び、叫びながら足を砂にとられて転ぶ。自分を売った男である。

　キチジローは倒れては起きあがり、大声で何かを叫んでいる。罵声《ばせい》のようにも聞え、泣き声のようにも聞えるが、何を言っているのか司祭にはわからない。彼を憎んだり恨んだりする気持はふしぎになかった。遅かれ早かれ、いずれはこう捕えられたのだという諦《あきら》めの感情が胸を支配しているのである。追いつけぬことがやっとわかったのか、キチジローは波打ちぎわで棒のように立ったままこちらを見ている。その姿が夕靄の中でだんだん小さくなっていく。

　街道は海に沿い、長崎に向う。（略）通過した街道は白く折れくねり、その街道に司祭は一人の乞食《こじき》が杖《つえ》にすがるようにして従《つ》いてくるのを見た。キチジローだった。あの浜辺で口をあけ、舟を見送っていた時のように、彼は今もだらしなく前をはだけて歩いていた。司祭がこちらを振りむいたのに気がつくと、彼はあわててそばの樹のかげにかくれた。自分を売った男がなんのためにここまで追いかけてきたのか、理解はできぬ。

　昼すぎ諫早《いさはや》という町をすぎた。（略）強飯《こわいい》を侍たちが食べる間、司祭は始めて馬からおろされ、樹木に犬のようにつながれた。（略）だれかが、彼の前に粟《あわ》の餉《かれいい》を破筐《やぶれかご》に入れて置いた。ぼんやりと顔をあげるとそれはキチジローだった。

　キチジローは非人たちの横に同じように蹲って、時々、こちらを窺うように眼をむけている。そして視線が合うと、あわてて顔をそむける。その顔を司祭はきびしい表情で眺めた。浜辺で見た時はこの男を憎む気持も起きぬほど疲れていたが、今、この男にどうしても寛大にはなれない。草原で干魚をたべさせられたあとの咽喉《のど》の渇きが、煮えかえるような思いと一緒に突然彼の心に甦ってきた。「去れ、行きて汝《なんじ》のなすことをなせ」基督でさえ、自分を裏切ったユダにこのような憤怒《ふんぬ》の言葉を投げつけた。その言葉の意味が司祭には長い間、基督の愛とは矛盾するもののように思えてきたのだが、今、蹲って撲《う》たれた犬のような怯えた表情を時々むけている男をみると、体の奥から、黒い残酷な感情が湧《わ》いてくるのである。「去れ」と彼は心の中で罵《ののし》った。「行きて汝のなすことをなせ」【沈】

　捕縛され護送されるロドリゴに、どこまでもついてくるキチジロー。ならば、なぜ司祭を売った(次頁)のだろう？（つづく）

「沈黙」の舞台を歩く
その2

西坂から本河内

1. 日本二十六聖人殉教地、
(西坂公園)、
日本二十六聖人記念館、
日本二十六聖人記念聖堂
(聖フィリッポ教会)
2. 本蓮寺
(サン・ジョアン・バプチスタ教会跡)
3. 中町教会
4. サン・フランシスコ教会跡、
桜町牢跡
5. サント・ドミンゴ教会跡資料館
6. 西勝寺
7. 長崎歴史文化博物館
8. 諏訪神社
9. ルイス・デ・アルメイダ
渡来記念碑、
春徳寺
(トードス・オス・サントス教会跡)
10. 聖マキシミリアノ・
コルベ記念館

【所要時間】昼食含み、5、6時間。

強い者も弱い者もない

「モキチは強か。俺《おい》らが植える強か苗のごと強か。だが、弱か苗はどげん肥《こや》しばやっても育ちも悪う実も結ばん。俺のごと生れつき根性の弱か者は、パードレ、この苗のごたるとです」（略）

キチジローの言うように人間はすべて聖者や英雄とは限らない。もしこんな迫害の時代に生れ合わさなければ、どんなに多くの信徒が転んだり命を投げだしたりする必要もなく、そのまま恵まれた信仰を守りつづけることができたでしょう。彼等はただ平凡な信徒だったから、肉体の恐怖に負けてしまったのだ。（略）

人間には生れながらに二種類ある。強い者と弱い者と。聖者と平凡な人間と。英雄とそれに畏怖《いふ》する者と。（略）もし司祭という誇りや義務の観念がなければ私もまたキチジローと同じように踏絵を踏んだかもしれぬ。【沈】

西坂公園から修道院のある本河内にかけては、様々な殉教の形があり、破壊の跡があり、苦しみの姿がある。だが、神の前では、強い者も弱い者もない……。

昭和37年、西坂の丘の処刑場跡に建てられた二十六聖人殉教碑には、舟越保武による26人全員の等身大ブロンズ像がはめこまれている。写真右から4人目が12歳の少年ルドビコ茨木である

1 日本二十六聖人殉教地（西坂公園）

Site of Martyrdom of the Twenty-six Saints

日本二十六聖人記念館

Twenty-six Martyrs Museum

日本二十六聖人記念聖堂（聖フィリッポ教会）

Twenty-six Martyrs Memorial St. Philip Church

日本における布教が困難な状態にあることは宣教師たちの書簡でローマ教会にももちろんわかっていた。一五八七年以来、日本の大守、秀吉が従来の政策を変えて基督《キリスト》教を迫害しはじめると、まず長崎の西坂で二十六人の司祭と信徒たちが焚刑《ふんけい》に処せられ、各地であまたの切支丹が家を追われ、拷問を受け、虐殺されはじめた。徳川将軍もまたこの政策を踏襲して一六一四年、すべての基督教聖職者を海外に追放することにした。【沈】

縛《くく》られる十字架は三歩から四歩の間隔で東から西に一列に並んでいた。彼等はその十字架に両手をひろげ、あるいは聖歌を歌い、あるいは人々に神の道を説きながら、刑吏がその脇腹めがけて突き刺す槍をうけた。息たえる時「天国《ハライソ》」という言葉を叫ぶものもあった。六番目の十字架にくくられた日本人修道士、三木ポウロは三好長慶幕下の武将、三木半太夫の子で安土神学校、第一回の入学生であり、彼は死の直前まで人々に説教しつづけた。「私は私の処刑に関係した人々を少しも恨みませぬ。ただ一日も早く、太閤様をはじめ、日本人全部が切支丹になられることを望むものです」それが彼の結びの言葉になった。

　二十六人の殉教者たちは文字通り、教えに殉じた人たちである。肉体の苦痛、死の恐怖、肉親への愛着、現世への執着、それらも彼等の不屈な信念を決して覆えしはしなかった。彼等は信仰の力と神の恩寵に支えられながら燃えるような勇気で胸を焦がしつつ、おのが魂を天国の栄光に返したのである。【切】

長崎は、殉教の町である。フランシスコ・ザビエルが日本に初めてキリスト教を伝えた一五四九年から、徳川幕府の鎖国体制が整うまでの、およそ一世紀におよぶ期間は「切支丹の世紀」と呼ばれるが、この間、時の権力者たちはキリスト教に対して公認→黙認→否認と次第に態度を硬化させていった。秀吉の伴天連追放令（一五八七）、幕府の全国的禁教令（一六一三）を経て、一六三〇年前後には踏絵が始まり、島原の乱（一六三七）も鎮圧される。切支丹の世紀は終り、切支丹たちは転んで仏教徒となるか、仏教徒を装ったかくれ切支丹となった。転ばずに殉教した者の総数は二千人弱とも約四千人ともいわれる。長崎でも夥しい血が流された。

　代表的な殉教事件が二つ。一つは一五九七年の二十六聖人殉教。大坂と京都で捕縛された外国人宣教師と日本人信徒が、はるか長崎まで死出の見せしめよろしく護送され、西坂の丘で十字架にかけられて処刑された。殉教者のうち三人は少年だった。もう一つは一六二二年の元和の大殉教。大村藩の鈴田牢（カバー）に投獄されていた五歳や三歳の幼児をふくむ計五十五人の宣教師と信徒が、これまた西坂の丘で、殺された。ロドリゴが潜入したのは、こんな時代だったのだ。

【歩き方】長崎駅前の歩道橋を渡り、左。NHK前の坂を上ると、「長崎浦上街道（時津街道）ここに始まる」の碑（「女の一生」のキクも清吉もこの道を歩いたわけだ）が立つ。その横が西坂公園だ。今も海がよく見渡せる。

　記念館は、二十六聖人殉教碑の裏側。その小庭には、潜伏キリシタンの墓碑がひっそりとある。中へ入ると正面に、「踏絵の聖母」。踏絵として使われていたメダルの型を拡大した中田秀和による一九六五年の作品。二階には、幕末頃の浦上村や、二十六聖人が歩いた道、主な教会跡と殉教地などの地図がある。

開場・9-17時　休・年始　料金・一般250円　中高校生150円　小学生100円　電話・095-822-6000

二本の尖塔が美しい日本二十六聖人記念聖堂(聖フィリッポ教会)は、公園を出たらすぐ左だ[撮影・野中昭夫]

2 本蓮寺（サン・ジョアン・バプチスタ教会跡）

Honrenji Temple

切支丹が増加するにつれうつくしい教会が次々と建設された。（略）今の西上町にはサン・ジョアン・バプチスタ教会が建設され、慶長八年から慶長十七年にかけては約十の教会が古川町、東大工町、今町、外浦町などにつくられている。切支丹の数は長崎だけで五万というから全人口の九〇パーセントが信徒だったとさえ言える。

これらの信徒は勿論、すべてが本当の信仰心から受洗したのではあるまい。ちょうど軽井沢に外国人が別荘を建てた頃、土地の人が好奇心やハイカラになりたい気持や、あるいは信者になったほうが外人相手の商売を営んだり、店を繁盛さすために都合がいいためにクリスチャンになったように、その半分以上は一時的な気持から信者になったと言っても差支えない。【切】

二十六聖人の一人の名にちなみ、その死後、1614年の聖堂改築に当たって、バプチスタ教会と呼ばれるようになった＊

3 中町教会

Nakamachi Church

一六二九年から一六三七年にかけて、火あぶり、水責め、穴吊りなどの犠牲になった長崎十六聖人殉教の碑が立つ。

殉教者は、日本人だけでなく、スペイン人、イタリア人、フィリピン人などもいた＊

【歩き方】浦上（時津）街道の碑へ戻り、目の前の石段を下りる。下りきった左に本蓮寺。一六四一年建立。

お寺の前を直進、次の交差点を右に曲がると、ステンドグラスの美しい中町教会が見える。

開場・8・18時　電話・095・823・2484

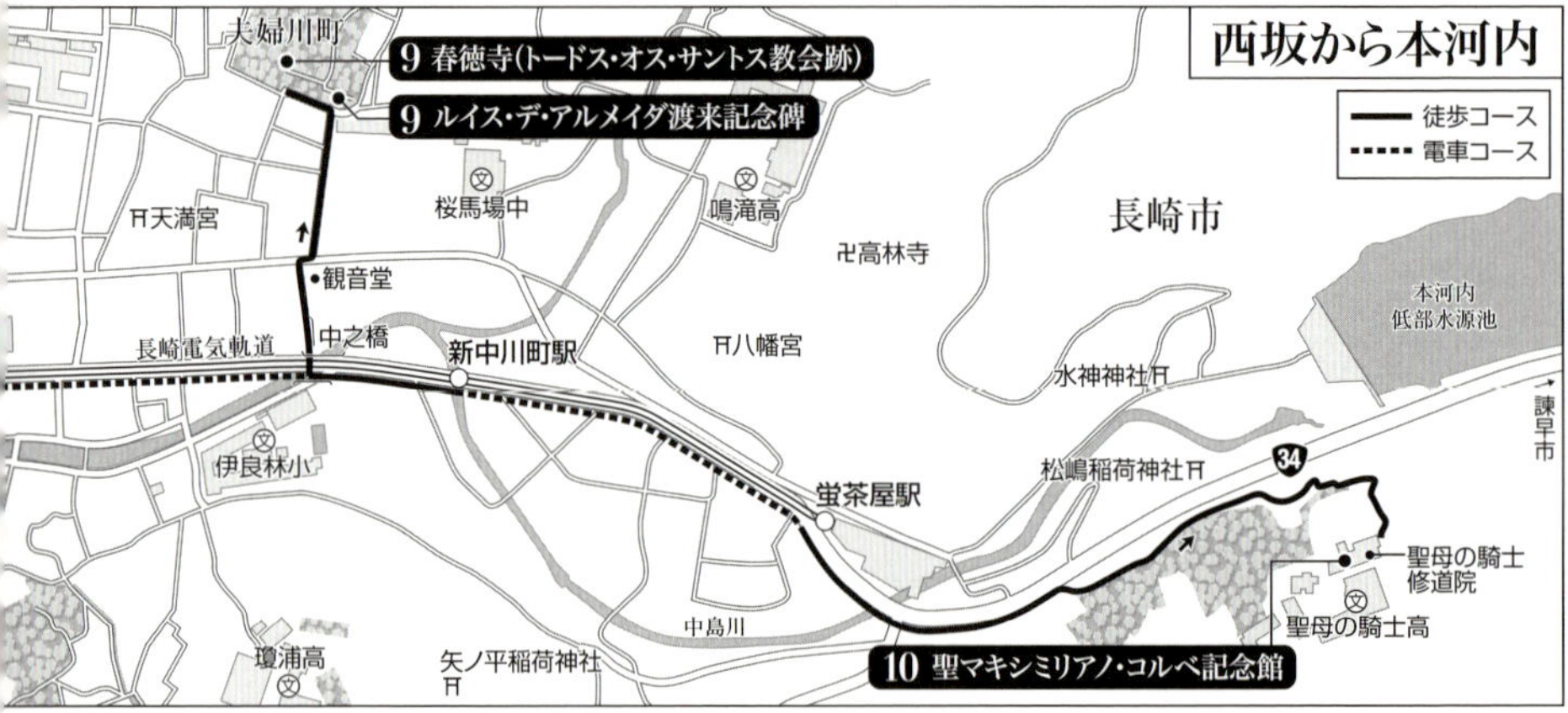

4 サン・フランシスコ教会跡 桜町牢跡

Site of St. Francisco Church
Site of Sakuramachi Prison

サン・フランシスコ教会は悲劇の教会である。一六一一年に建築が始まったが、禁教令が出されたため、一六一四年完成途上に破壊され、桜町牢となった。その後この牢には、多くの切支丹が押し込められた。女の一生の清吉もその一人だ。

今の長崎から当時のこの街のたたずまいを思いうかべるのは一寸むつかしいかもしれない。というのは幾度も書いたように、かつて入江だったところは埋められ、街と変っているからである。

しかし注意して見るならば現在の国道三十四号線や万才町《まんざいまち》は昔の岬の面影を残しており、事実、ここは岬だったことがわかる。そして現在、市の水道局（現・市役所別館）がある場所はかつて切支丹時代に有名な「岬の教会」があり、教会が破壊されたあとは牢《ろう》が作られ、それは桜町《さくらまち》牢とよばれていた。

浦上から引ったてられた切支丹の百姓は当然西坂の丘をこえて、この桜町牢に連れてこられる筈である。彼等が桜町に姿をあらわすのを待って見物人たちがその前に押しかけていた。

「天罰たい、お仕置ば受けても仕方んなか」（略）

そして彼等は今度の御奉行所の処置は当然だと考えていた。御禁制の切支丹を信じている浦上の百姓たちは長崎の人間には何か気味わるい、うさんくさい人間たちに見えたのである。【女一】

数多の殉教者を
弔うかのように紫陽花が咲く。
雨の多い長崎によく似合う＊

【歩き方】 教会から真っ直ぐ中町公園を抜けたら、右折し、桜町通りへ。市営駐車場の右側の道を上っていくと、桜町歩道橋がある。渡ると市役所別館。別館を背に右手に碑が残る。

column

転び者の気持ち

切支丹時代に自分の関心の足がかりを向けた私はすぐ、また深い失望を味わわねばならなかった。

それは明治以後、出版された汗牛充棟ただならぬ切支丹研究書にはほとんど一つとして、私の視点——つまり強者と弱者の視点からこの時代を分析したものはなかったからである。(略)

強かった人、殉教者については数多くの伝記や資料が我々の手に残されている。これらの人々の崇高な行為にたいして教会も讃美を惜しまぬからである。

だが、弱者——殉教者になれなかった者、おのが肉体の弱さから拷問や死の恐怖に屈服して棄教した者についてはこれら切支丹の文献はほとんど語っていない。もちろん無数の無名の転び信徒について語れる筈はないのだが、その代表的な棄教者についてさえ、黙殺的な態度がとられているのである。

それには考えられる理由が当然ある。棄教者は基督教教会にとっては腐った林檎であり、語りたくない存在だからだ。臭いものには蓋をせねばならぬ。彼等の棄教の動機、その心理、その後の生き方はこうして教会にとって関心の外になり、それを受けた切支丹学者たちにとっても研究の対象とはならなくなったのである。

一方、迫害者側の文献にも弱者は無視されている。迫害者である日本幕府にとってもおのが弱さに脱落した転び者はたんに軽蔑の対象にすぎず、それら無力化した者たちについて態々書きのこす必要は全くなかったのである。

こうして弱者たちは政治家からも歴史家からも黙殺された。沈黙の灰のなかに埋められた。

だが弱者たちもまた我々と同じ人間なのだ。彼等がそれまで自分の理想としていたものを、この世でもっとも善く、美しいと思っていたものを裏切った時、泪を流さなかったとどうして言えよう。後悔と恥とで身を震わせなかったとどうして言えよう。その悲しみや苦しみにたいして小説家である私は無関心ではいられなかった。彼等が転んだあとも、ひたすら歪んだ指をあわせ、言葉にならぬ祈りを唱えたとすれば、私の頬にも泪が流れるのである。私は彼等を沈黙の灰の底に、永久に消してしまいたくはなかった。彼等をふたたびその灰のなかから生きかえらせ、歩かせ、その声をきくことは——それは文学者だけができることであり、文学とはまた、そういうものだと言う気がしたのである。【切】

こうして「沈黙」は書かれた。

5 サント・ドミンゴ教会跡資料館

Museum for the Former Site of Santo Domingo Church

初夏の長崎は気持がいい。風が若葉の匂いをふくんで私の頬に心地よい。教会の鐘が足もとから聞える。長崎は今でもやはり日本で一番、教会の多い街だ。あちらの教会から鐘がなると、それに応えるようにこちらの修道院も昼のアンジェラスの鐘をならす。フェレイラが日本に来た頃も同じようだっただろう。

当時の長崎は人口は五万以上、秀吉が二十六人の宣教師や信者を西坂で処刑にした記憶はまだ残っていたが、市民には信者は多かった。教会だって岬の教会を中心にサン・ペトロ教会（現在の今町）サン・フランシスコ教会（現在の桜町）サン・アウグスチノ教会（現在の本古川町）サン・ドミニコ教会（現在の勝山町）など十も数えられた。教会だけではなく修道院や病院も次々と建てられた。

長崎の細ながい、静かな入江。今は大きな造船所のドックが対岸にみえるが当時はあそこは緑の樹々で埋まっていたにちがいない。【切】

サン・ドミニコ教会（＝サント・ドミンゴ教会）もやはり、一六一四年に破壊され、代官屋敷となるが、この教会にあった聖母は密かに外国へ運び出され、「日本の聖母」として現存する。

近年になって、この地からは多くの教会遺跡が出土、資料館となった。花十字紋瓦やクルス（十字架）なども展示されている。

【歩き方】再び歩道橋で市営駐車場の方へ戻り、桜町公園のある側を下っていく。最初の角を右、突き当たり右に入り口がある。
開場・9‐17時　休・月、年末年始　料金・なし
電話・095‐829‐4340

見事な花十字紋瓦［上、左］［全て長崎市教育委員会蔵］

代官屋敷時代の井戸［右上］
教会時代の遺構［右下］

6 西勝寺
Saishoji Temple

フェレイラという司祭をご存じだろうか？「沈黙」の主人公ロドリゴが師とあおぐ人物だが、これには実在のモデルがいて、その名もクリストヴァン・フェレイラ、またの名を沢野忠庵という。一六〇九年（慶長十四）にイエズス会宣教師として来日。二十四年間も布教活動に身を捧げるも、長崎潜伏中ついに捕えられ、拷問のすえ転んだ。そうして日本名を名乗らされ、長崎奉行に仕え、弾圧側に与して名だたる背教者となる……。

小説の主人公、ロドリゴがフェレイラと始めて会う場所を私は結局、寺町にある西勝寺に決めた。

この寺にはフェレイラが証人の一人となっている転び証文の写しが保存されている。（略）

その証文はフェレイラ自身の転び証文ではない。彼がころび伴天連として一組の日本人夫婦の棄教の証人証明をしているものの一つだ。一つというのは彼が他におそらくそのような証人となった可能性があるからであり、しかもこれはその書き損じの写しにすぎぬ。しかし沢野忠庵と名のらされてからのただ一つの遺品とも言うべきものなのである。【切】

そして「沈黙」の中でも、ロドリゴはついにフェレイラと再会する。

「お前が転ぶよう、奨めろと……私は言われてきた」

フェレイラは疲れたように呟くと、

「これを見るがいい」

無言のまま自分の耳のうしろを指さした。傷痕《きずあと》がそこにあった。褐色になった火傷《やけど》のひきつったような傷痕だった。

「穴吊りと申してな。いつか話したこともあろうが。手足の動かぬよう簀巻にして穴に吊る」通辞は、自分もわざと怯えたように両手を拡げてみせると、「そのままでは即座に絶命するゆえ、こうな耳のうしろに穴をあけてな、一滴一滴血が滴るようにする。井上様の考えなされた拷問だが」（略）

「考えるがよい。今となってはな、この国に切支丹のパードレはお前一人だが、そのお前もな、もう捕えられては百姓たちに教えとやらを広めるすべもない。なあ、用なき身ではないか」【沈】

【歩き方】 ドミンゴ資料館の突き当たりを左に折れると、長崎歴史文化博物館だが、その前に西勝寺へ。最初の路地を左、少し行った右手。フェレイラの転び証文は非公開。

西勝寺の「転び証文」を眺める遠藤周作。証文には了順、了伯、忠庵と３人の証人の名がみえる。忠庵すなわちフェレイラである［写真撮影・朝日新聞社］

寺は蟬時雨につつまれた裏通りにあった。
境内では子供がふたり、
乳母車ごっこをして遊んでいた

column

キチジローの信心戻し③

その時、捕縛されたロドリゴは長崎の牢にいた。

夕暮になる頃、ふたたび格子から覗くと、蓑姿の男はまだ辛抱強く、雨にぬれたまま動かない。番人たちも諦めたのか、もう小屋から出ていかない。

男がこちらを向いた時、視線と視線とが合った。やはりキチジローだった。怯えたような表情で彼は司祭の方を眺め、二、三歩あとずさりして、

「パードレ」彼は犬が鳴くような声を出して言った。「パードレ、聞いてつかわさい。告悔《コンヒサン》と思うてな、聞いてつかわさい」

（略）

「俺《おい》あ、パードレばずうっとだましたくりました。聞いてくれんとですか。パードレがもし俺《おい》ば蔑《みこな》されましたけん……俺《おい》あ、パードレも門徒衆も憎たらしゅう思うとりました。俺《おい》あ、踏絵ば踏みましたとも。モキチやイチゾウは強か。俺《おい》あ、あげん強うなれまっせんもん」

番人がたまりかねて棒を持ったまま外に出ていくと、キチジローは逃げながら叫びつづけた。

「じゃが、俺《おい》にゃあ俺《おい》の言い分があっと。踏絵ば踏んだ者《もん》には、踏んだ者《もん》の言い分があっと。踏絵をば俺《おい》が悦んで踏んだとでも思っとっとか。踏んだこの足は痛か。痛かよオ。俺《おい》を弱か者に生れさせおきながら、強か者の真似ばせろとデウスさまは仰せ出される。それは無理無法と言うもんじゃい」

怒鳴り声は時々途切れ途切れては、哀訴の声に変り、哀訴の声は泣き声となり、

「パードレ。なあ、俺《おい》のような弱虫あ、どげんしたら良かとでしょうか。金が欲しゅうしてあの時、パードレを訴人したじゃあなか。俺《おい》あ、ただ役人衆におどかされたけん……」

「でていかんか。早う、でていけ」番人たちが小屋から首を出して叫んでいる。「えっと、甘ゆんなよ」

「パードレ、聞いてつかわさい。悪うござりました。仕様んなかことば致しました。番人衆。俺《おい》は切支丹じゃ。牢にぶちこんでくれんや」

司祭は眼をつぶり、ケレドの祈りを唱える。今、雨の中で泣きわめいている男を放っておくことには、やはり一種の快感があった。基督は祈りは唱えてもユダが血の畠で首を吊《つ》った時、ユダのために祈られただろうか。聖書にはそんなことは書いてなかったし、たとえ書いてあったとしても今の自分には素直にそんな気持にはなれそうもなかった。どこまでこんな男を信じてよいのかわからない。あの男は許しを求めているが、それも一時の興奮で叫んでいるのだと思いたかった。

少しずつキチジローの声は静かになり、消えていく。格子から覗くと、腹をたてた番人がこの男の背中を烈しく押しながら、牢屋につれていくのが見えた。

最期の時は近づく。ロドリゴは、市中を引き回されることに

なる。

　露骨に敵意をむきだしにした僧侶の一団が大きな楠《くすのき》の樹蔭《こかげ》に集まり、彼等は司祭の驢馬が間近に迫ってきた時、棒をふりあげて威嚇する真似をした。両側に並んでいる顔の中から司祭はひそかに切支丹らしい者の表情をさがしたが無駄だった。誰もが敵意か憎しみかそれとも好奇心しか持っていなかった。だからその中で、犬のように哀れみを乞うている眼にぶつかった時、司祭は思わず体をねじった。キチジローだった。

　襤褸《ぼろ》を身にまとったキチジローは前列で一行を待っていた。司祭と視線が合うとあわてて眼を伏せ、人々の間に素早く体をかくした。しかし司祭はよろめく驢馬の上からあの男がどこまでも従《つ》いてくるのを知った。それはこの異邦人たちの中で、彼の知っているただ一人の男だった。

（もういい。もういい。私はもう怒っていない。主もまた怒っていられないだろう）

　司祭は告悔のあとで信徒を慰めるように、キチジローにうなずいてみせた。

　再び牢に戻されたロドリゴが、闇の中、必死に祈ろうとしていると……。

　キチジローの声が突然大きくひびく。

「パードレさま。許して下され。あれからパードレさまにコンヒサンねがおうとこげんあとばつけてまいりました。許して下されやい」

「なんてわりゃ言いよっとや、えっとのぼすんな」

　キチジローが獄吏にぶたれ、木の折れるような音がひびいた。

「パードレさま。許して下され」

　司祭は眼をつぶって告悔の秘《ひ》蹟《せき》の祈りを口の中で唱えた。舌の先に苦い味が残った。

「俺《おい》は生れつき弱か。心の弱か者には、殉教《マルチルノ》さえできぬ。どうすればよか。ああ、なぜ、こげん世の中に俺《おい》は生れあわせたか」

　声は風の途切れるように切れ、また遠ざかる。五島に戻った時、信徒の人気者だったキチジローの姿が急にまぶたに浮んだ。迫害の時代でなければあの男も陽気な、おどけた切支丹として一生を送ったにちがいないのだ。

「こげん世の中に……こげん世の中に」司祭は耳に指を入れ、犬の悲鳴のようなその声に耐える。

　自分は先程キチジローのため許しの祈りを呟いたが、あの祈りは心の底から出たものではなかったと思う。あれは司祭としての義務から唱えたものだった。だから苦い食物の糟《かす》のようにこの舌の先にまだ残っている。キチジローにたいする恨みはもう消えてはいても、自分を売るためにあの男が食べさせた干魚の臭いや、焼きつくような渇きの思い出は記憶の中にふかく刻みこまれている。怒りや憎しみの感情は持っていないが軽蔑《けいべつ》の気持はどうしても拭い去ることはできない。司祭は基督がユダに言ったあの軽侮の言葉をまた噛みしめた。【沈】

　なぜか、どこまでも司祭につきまとい離れようとしないキチジロー。そして、ロドリゴの彼に対する心持ちも少しずつ変化してゆく――。（つづく）

これが長崎奉行所だ。江戸時代が再現された
［写真提供・長崎歴史文化博物館］

7 長崎歴史文化博物館

Nagasaki Museum of History and Culture

あくまで転ばないロドリゴに対し、フェレイラの最後の説得が始まった……。

「この中庭では今」フェレイラは悲しそうに呟いた。「可哀想な百姓が三人ぶらさげられている。いずれもお前がここに来てから吊られたのだが」

老人は嘘を言っているのではなかった。耳を澄ますと一つのように聞えたあの呻き声が突然、別々なものになった。一つの声があるいは高くなり、低くなるのではなく、低い声と高い声は入り乱れてはいるが別の方向から流れてきた。【沈】

当時わが国では様々な切支丹拷問法が発案・実行された。吊し責め、算木責め、竹鋸切り、駿河問い、俵責め。そして、穴吊り。何人もの信徒たちが江戸や長崎で穴に吊られたのだ。ここ長崎歴史文化博物館は、長崎奉行所跡であり当時の様子が再現されている。そんなことも行われた場所であることは、覚えておきたい。

さてロドリゴは牢の中で、穴吊りにされた日本人信徒の呻き声を聴かされ、〈**お前が転ぶと言えばあの人たちは穴から引き揚げられる……**〉と告げられる。

「お前は彼等より自分が大事なのだろう。少なくとも自分の救いが大切なのだろう。お前が転ぶと言えばあの人たちは穴から引き揚げられる。苦しみから救われる。それなのにお前は転ぼうとはせぬ。お前は彼等のために教会を裏切ることが怖ろしいからだ。このわしのように教会の汚点となるのが怖ろしいからだ」そこまで怒ったように一気に言ったフェレイラの声が次第に弱くなって、「わしだってそうだった。あの真暗な冷たい夜、わしだって今のお前と同じだった。だが、それが愛の行為か。司祭は基督にならって生きよと言う。もし基督がここにいられたら」

フェレイラは一瞬、沈黙を守ったが、すぐはっきりと力強く言った。

「たしかに基督は、彼等のために、転んだだろう」（略）

司祭は大声で泣いていた。門が鈍い音をたててはずれ、戸が開く。そして開いた戸から白い朝の光が流れこんだ。（略）

「お前は今まで誰もしなかった最も大きな愛の行為をやるのだから……」ふたたびフェレイラは先程と同じ言葉を司祭の耳もとに甘く囁《ささや》いた。「教会の聖職者たちはお前を裁くだろう。わしを裁いたようにお前は彼等から追われるだろう。だ

長崎奉行所が実際に使用した
板踏絵・真鍮踏絵［東京国立博物館蔵］

が教会よりも、布教よりも、もっと大きなものがある。お前が今やろうとするのは……」

踏絵は今、彼の足もとにあった。小波《さざなみ》のように木目が走っているうすよごれた灰色の木の板に粗末な銅のメダイユがはめこんであった。それは細い腕をひろげ、茨《いばら》の冠をかぶった基督のみにくい顔だった。黄色く混濁した眼で、司祭はこの国に来てから始めて接するあの人の顔をだまって見おろした。

「さあ」とフェレイラが言った。「勇気をだして」

主よ。長い長い間、私は数えきれぬほど、あなたの顔を考えました。特にこの日本に来てから幾十回、私はそうしたことでしょう。トモギの山にかくれている時、海を小舟で渡った時、山中を放浪した時、あの牢舎での夜。あなたの祈られている顔を祈るたびに考え、あなたが祝福している顔を孤独な時思いだし、あなたが十字架を背負われた顔を捕われた日に甦らせ、そしてそのお顔は我が魂にふかく刻みこまれ、この世で最も美しいもの、最も高貴なものとなって私の心に生きていました。それを、今、私はこの足で踏もうとする。

黎明《しののめ》のほのかな光。光はむき出しになった司祭の鶏のような首と鎖骨の浮いた肩にさした。司祭は両手で踏絵をもちあげ、顔に近づけた。人々の多くの足に踏まれたその顔に自分の顔を押しあてたかった。踏絵のなかのあの人は多くの人間に踏まれたために摩滅し、凹《へこ》んだまま司祭を悲しげな眼差しで見つめている。その眼からはまさにひとしずく涙がこぼれそうだった。

M・タンネル『イエズス会の殉教者』(1675)は、1633年の中浦ジュリアンの穴吊りによる殉教を挿絵入りで伝える［日本二十六聖人記念館蔵］

「ああ」と司祭は震えた。「痛い」

「ほんの形だけのことだ。形などどうでもいいことではないか」通辞は興奮し、せいていた。「形だけ踏めばよいことだ」

司祭は足をあげた。足に鈍い重い痛みを感じた。それは形だけのことではなかった。自分は今、自分の生涯の中で最も美しいと思ってきたもの、最も聖《きよ》らかと信じたもの、最も人間の理想と夢にみたされたものを踏む。この足の痛み。その時、踏むがいいと銅版のあの人は司祭にむかって言った。踏むがいい。お前の足の痛さをこの私が一番よく知っている。踏むがいい。私はお前たちに踏まれるため、この世に生れ、お前たちの痛さを分つため十字架を背負ったのだ。

こうして司祭が踏絵に足をかけた時、朝が来た。鶏が遠くで鳴いた。【沈】

【歩き方】長崎奉行所ゾーンをゆっくり見たい。キリシタン関連資料、奉行所復元部分が充実。歴史文化展示ゾーンもためになる。また、イベント広場の庭には、一五九一年創建、一六一四年に破壊された山のサンタマリア教会の碑がある。開場・8時半・19時　休・第3火　料金・大人600円　高校生400円　小中学生300円　電話・095・818・8366

8 諏訪神社

Suwa Shrine

ロドリゴの挫折より二百年以上の時が過ぎた。同じ長崎に、今度は「信徒発見」の喜びにふるえる神父がいた——。

海ぞいの路を出島と濠《ほり》ひとつ隔てた通りに出て、更に金比羅山の方向にむかってプチジャンはぶらぶらと歩いた。いつものチョーマワリのように。いかにも呑《のん》気《き》そうに……。（略）今、諏訪神社の坂をぶらぶらとのぼっている彼の姿をこと更に怪しむ者はなかった。

神社の石段に春の陽があたっている。その春の陽を受けた石段に天秤《てんびん》をおろし、腰かけている若い男が一人いた。大浦の教会で今日、会う約束をしたあの青年だった。

青年もまた慎重だった。まわりには二人の子供が石蹴《いしけ》りをして遊んでいるだけなのに、プチジャンの姿を見ても素知らぬ顔で立ちあがり、天秤を肩にかついで歩きだした。うしろについてこいという意味だとはすぐプチジャンにもわかった。

神社の横をぬけ、彼は山のほうに向った。山は凧あげで有名な金比羅山である。この山をこえたところに中野郷や馬込郷の浦上村がある。（略）

「清吉さん、言うてください」プチジャンは咳《せ》きこむように「お前さまの村とは別に切支丹のいる場所はあるとですか」

「多くはなか。ばってん中野郷のほか家野郷、本原郷の者もおおかた切支丹ですたい。外海《そとめ》にも平戸《ひらど》や生月島《いきつきしま》や五島にも切支丹のおるて聞いとります」

外海も平戸も生月島も五島も何処にあるか、プチジャンは知らなかった。しかしそんな各地にまだ基督教徒が二百数十年もの歳月の間、息をこらして生きつづけたことが彼を息のつまるほど感動させた。

「奇蹟《ミラークル》だ。まったく《セ・》奇蹟《ミラークル》だ」

彼は思わず仏蘭西語でそう叫んだ。だがどのような方法でこれら日本の基督教徒は人目をあざむきながら、その信仰を守りつづけたのだろうか。【女一】

プチジャンと清吉が待ち合わせた山門前。二人は、ここから山沿いに時津街道の方へ向かったのではないか。いずれにせよ、大浦からここまではかなりの距離だ。神父の「信徒発見」のためのチョーマワリ（町廻り）には頭が下がる＊

【歩き方】博物館をイベント広場にある裏門から出たら、左。石段を上り、長崎公園、どうぶつ公園を抜けると、境内だ。

9 ルイス・デ・アルメイダ渡来記念碑
Monument of Luis de Almeida

春徳寺（トードス・オス・サントス教会跡）
Shuntokuji Temple

長崎や大村を支配していた戦国領主は、日本で最初の切支丹大名と言われる大村純忠だった。その大村純忠に長崎をまかせられていたのが長崎甚左衛門で、彼の妻は純忠の娘である。甚左衛門もまた純忠と同じように基督教の洗礼を受け、宣教師を保護した。有名なルイス・アルメイダ修道士やガスパル・ウイレラ神父が、永禄十一年から元亀年間の頃まで長崎に住んでいたと思われる。今日の、長崎の夫婦川町《ふうふがわまち》春徳寺は、この頃建てられたトードス・オス・サントス教会の跡である。人々はこのポルトガル語を今日まで伝え、この寺のある丘を唐渡《とうど》山とよんでいる。

【切】

長崎の建築といえば、ついグラバー邸や教会を連想してしまうけれど、意外とお寺が多い。というのも徳川幕府による全国的禁教令公布（一六一三）以後、この地の教会は次々と破壊され、かわりに寺院が続々と建立された。幕府は教会跡地を仏僧にあたえ、境内地子（宅地税）を免除するなどして寺院建立を奨励したのである。たとえば長崎最初の教会、トードス・オス・サントス教会の跡地には春徳寺が建ち、今に至っている。

春徳寺には、切支丹時代の教会の井戸が残っている

千五百六十七年
ルイス・デ・アルメイダ
この地に渡来布教す
LUIS DE ALMEIDA
Medico e Missionario
O primeiro português que chegou
a Nagasaki
1567
千九百六十八年十月 建立
長崎日本ポルトガル協会
お寺の壁には、伝説の宣教師の碑が見える＊

【歩き方】神社の石段を下りる。路面電車で、諏訪神社前から新中川町下車。来た方向へ少し戻り、中之橋を渡り右へ。観音堂を右に見て、春徳寺通りを上る。つきあたりにアルメイダ師の碑。左が春徳寺。かつてこの丘の上にあったサントス教会は、ずいぶん遠くからでも見えたことだろう。

10 聖マキシミリアノ・コルベ記念館

St. Maximiliano Kolbe Memorial Museum

更に時を経て、長崎はまた一人の殉教者を持つことになる。アウシュビッツで、他人の身代わりになり帰天する、コルベ神父だ。昭和初期、彼は町はずれに修道院を構え、宣教に当たっていた。しかし、その活動を不審に思う刑事がいた。

聖コルベ記念館。コルベ神父関連の遺品だけでなく、遠藤周作の色紙や手紙なども展示されている＊

「私たちの家に、来てください」

「家はどこですか」

「本河内です。水源地あるところ」(略)

その翌日、約束通りに本河内の彼等の住家を小野はたずねた。

バスをおり、山路をしばらく歩いた。長崎市民に飲料水を供給する水源地が蒼《あお》ぐろい水をたたえ、沼のように静まりかえっているのが見えた。その手前の山の斜面に、冬の陽をあびた十字架のついたモルタルの建物があり、そこがあのポーランド人のいる場所だった。

小野には次第にこの修道院の中心人物がコルベ神父であることがわかってきた。

彼等はいずれも聖フランシスコ会に属していたが、日本の布教を思いたったのはこのコルベ神父だった。彼が最初、四人の修道士をつれてポーランドから極東の日本まで来たのだった。

その主な仕事は「聖母の騎士」というパンフレットを作り、それをひろく日本人に読ませることである。この計画の立案者も指導者もすべてコルベ神父である。

小野はそうした事情をつかむと、どこか生彩もなく血色も悪く、痩《や》せたコルベ神父を遠くから注意して観察するようになった。その動きさえ掴まえれば、この外人たちが敵性行為を働いているか、どうかがわかると思ったからである。

小野は刑事だった。誰にも自分の目的は気づかれていないと信じていた。ある日、日本人の修道士から話を聞き、驚く。

「はい、こん修道院には右翼の人の探りにきたことのありますけんなあ。そん人はヤソの連中は外国の宗教ば信じとるけん怪しかて思うとったとです」

「そいで……」

と小野は唾《つば》を飲みこみながらたずねた。

「そん男ば、ここではどげんごと扱うたとですか」

「別に？」

と修道士はごく当然という顔をして、

「探るなら探るままにしとりましたけん。探ってもここでは何も出てきませんけんねえ。神父さまもポーランドの修道士もそん人が誰か知っとっても詮索《せんさく》もせんし、気にもとめんとです。コルベ神父さまは、我々は人間ば信じるために生きとると教えとられます」

「人間ば信じる」

「はい。人間ば信じらんば、人間のために尽すことはできんて……」【女二】

その後、コルベ神父は長崎を離れ、アウシュビッツで囚われの身となる。


彼らが今から入れられる飢餓室は左方に見える第十三号棟の地下にある。一階は訊問《じんもん》室と拷問室がならび、その地下には飢餓室と窒息室とがならんでいる。

この二つの部屋は最も残酷な死の部屋だった。飢えて死ぬか、酸素がなくなって死ぬか、どちらも最後まで出てはならぬ死の部屋である。

「女房と……子に……会いたい」

泣きじゃくっていたあの男が、この時呻《うめ》くように叫んだ。文字通り腸《はらわた》をしぼりだすような声だった。（略）

その時だった、助かったグループから、一人の囚人が列を離れてのろのろと前に歩いてきた。長い間、立たされたためか、その歩きかたはまるで玩具《おもちゃ》の人形のように緩慢で、鉛の足を曳《ひ》きずっているようである。

痩《や》せこけて、丸い眼鏡をかけた男である。

「私を……」と彼は疲れた声で言った。

「その泣いている人と、かわらせてください」

つかれきった顔に丸い眼鏡をかけた囚人はこの言葉を言ったあと、ミューラの前で不器用にじっと直立していた。


副所長のマルティンが、十三号棟に向かうコルベに話しかける。


「君はなぜ、あんなことをしたのかね」

「あんなこと？」

「別の囚人の身がわりになってやったことだよ」

「あの人は妻や子供があります。しかし……」

「それはもう聞いた。私の知りたいのは……君の行為は……君の自己満足のためか。それとも虚栄心か。よい事を行ったという虚栄心や自己満足もあるだろう」

コルベ神父は眼を閉じたまま、この言葉に黙っていた。彼の信じているイエスが、ヘロデの嘲弄《ちょうろう》に黙っていたように。

「わたしは」と神父はかすかな声で、「死ぬまで、あの男やあなたのために祈ります。あなたのためにも」

「私のため、祈る？　何を」

「御自分に絶望なさらないようにと」

マルティンは肩をすぼめ哀《かな》しく微笑した。

敷地の一番上には、コルベ自身の作ったルルドの泉があり、もちろん水を汲むことができる＊

行列はもう第十三号棟に近づいていた。他の棟と同じ矩形《くけい》の赤煉瓦《あかれんが》の建物だった。「さようなら」と神父は頭をさげ、かすれた声で言った。【女二】

コルベ神父ゆかりの地に建つ記念館には、復元された神父の部屋や当時の印刷機などがある。その質素さに、心洗われることだろう。

【歩き方】路面電車で、新中川町から蛍茶屋へ向かう。下車後34号線に沿った右の脇道を本河内の方へ上っていくと（墓地には入らない）十分弱で、記念館のある、聖母の騎士修道院が見えてくる。最後は急な階段を上って受付へ。聖者コルベ小聖堂にも案内してもらおう。八一年二月二十六日は、ヨハネ・パウロ二世が訪れ、左側の跪き台から祈った。聖コルベ記念館は、その更に奥のレンガの建物だ。

開場・9・17時　休・なし　料金・なし　電話・095・824・2079

享和二年肥州長崎図

享和二年（一八〇二年）頃の長崎中心部。町の名前が当時と今ではかなり変わってしまっていることに気がつく。「女の一生」のプチジャン神父がチョーマワリした頃の長崎は、こんなふうだったはずだ［©長崎文献社］

オランダ入舟
福州船
南京船
オランダカリ舟
引舟
注進舟
番舟
船改
阿蘭陀屋舗
ナベカブリ山
茂木道
長崎ヨリ諸國エ海陸道規
京都 陸二百十里
江戸 同三百三十二里 同四百七十里余
大坂 同百九十七里 同二百三十五里
安藝廣島 同百三里廿六丁 同百四十四里半
長門下関 同五十九里半四丁 同八十九里
豊前小倉 同五十七里 同八十六里半
同中津 同五十六里十三丁 同百三里六丁
豊後日田 同四十六里十三丁 同百三十八里半
肥後熊本 同三十五里 同四十六里
同求麻 同四十八里 同四十六里半
薩摩鹿児嶋 同六十五里 同九十七里
日向佐度原 同七十一里 同百四十七里
筑後久留米 陸三十二里 海六十一里
同柳川 同二十七里 同五十五里
筑前福岡 同五十里半三丁 同六十八里半
肥前佐嘉 同二十四里四丁
同平戸 同二十五里 同二十七里
同唐津 同二十五里十三丁 同五十二里半
同島原 同十六里
同大村 同十里 同二十九里
同五嶋深江 同四十八里
同壹岐 同四十二里
同對馬
平成長崎土産 長崎文献社版
長崎ヨリ諸國エ出口道
日見エ二里○日見ヨリ矢上エ一里
○矢上ヨリ諫早エ四里○諫早ヨリ
大村エ三里
源場エ三里○源場ヨリ野母エ四里
時津エ三里
長與エ三里○西山口ヨリ長與エ
近道二里半難所也
イキリキエ五里ナン联十り
茂木エ二里茂木ヨリ天草肥後エ舟渡
■此印 御大名屋鋪 ▲此印 町年寄

「沈黙」の舞台を歩く
その3

風頭山から旧外浦町

キリストが求めたものは？

1.風頭公園（小川凧店・長崎ハタ見聞館）
2.皓台寺
3.眼鏡橋
4.勝山町、五島町
5.大波止
6.出島
7.西浜町
8.岬の教会跡、奉行所西役所跡
9.旧外浦町由来の碑
【所要時間】全部で4時間程度。

いいや、主は襤褸のようにうす汚い人間しか探し求められなかった。床に横になりながら司祭はそう思った。聖書のなかに出てくる人間たちのうち基督が探し歩いたのはカファルナウムの長血を患った女や、人々に石を投げられた娼婦のように魅力もなく、美しくもない存在だった。魅力のあるもの、美しいものに心ひかれるなら、それは誰だってできることだった。そんなものは愛ではなかった。色あせて、襤褸のようになった人間と人生を棄てぬことが愛だった。司祭はそれを理窟《りくつ》では知っていたが、しかしまだキチジローを許すことはできなかった。ふたたび基督の顔が自分に近づき、うるんだ、やさしい眼でじっとこちらを見つめた時、司祭は今日の自分を恥じた。【沈】

長崎市中を引回され、踏絵も踏んだロドリゴ……。そうして彼は、少しずつ本当のイエスの姿を知る。「沈黙」のラストに描かれた意味を理解するため、我々もロドリゴと市内を回ることにしよう。

作家が、400年ほど前のことを想像しながら、度々見おろした長崎の港と市街。風頭山の頂きより

1 風頭公園
Kazagashira Park

今から四百年ほど前、長崎は切支丹の小さな王国だった。ポルトガル船の入港する国際貿易港として栄え、イエズス会の神学校が置かれ、カトリック教会の鐘があちこちで鳴り響いていた。もっとも、この町は戦国時代、十六世紀の半ばすぎまでは人口千五百人ほどの、ありふれた村だった。人口が急増したのは一五七〇年の開港後のこと。江戸時代になると人口は約五万人にまでふくれあがり、しかも住民のほぼ全員が切支丹だった。のちに「日本における小ローマ」と評されたのも、けっして誇張ではなかった。遠藤周作は風頭山から市内への眺望（前頁）を前にこう語る。

私は前に神戸の南蛮美術館で見た「南蛮人渡来屏風」の光景をふと思いだす。それはおそらく当時の目撃者によって描かれた長崎の港の風景である。大きな黒い南蛮船。そこからおりてくるポルトガル人やスペイン人。運び出される珍奇な品物や動物たち。出迎える宣教師や武士。彼等の背後には三層の岬の教会が描かれている。

だが現実には南蛮船が着いた頃の長崎港は御朱印船の出発地で日本船や中国のジャンクが集まりもっと騒がしく、もっとうす汚かったにちがいない。日本人たちは次々とおりてくるポルトガル人や西洋の品物に眼をみはりフェレイラもその日本人たちの好奇心のこもった眼差しをうけただろう。人夫たちの声や、海の匂いや埃で港は騒がしかったことだろう。

小川凧店では、こんな可愛い凧も並んでいた＊

（略）

フェレイラが長崎に上陸したとするならばそれは切支丹たちにとっては最も幸福な時代であり、また街自体も貿易によって活気あふれる頃の長崎だったのである。現在の長崎県庁を中心にした六つの町の外廓によって新しく十八の町が形成されていた。

したがってフェレイラが見たであろう長崎の町がどのあたりであり、どのくらいのものだったかは大体、私にもわかるのである。

風頭の山から私は当時の町だけに注目する。人口、五万以上。三層や二層の中国風の寺に似た教会があちこちにあるほかはひくい家並のかたまった町。それがフェレイラの見た頃の長崎だったろう。

【切】

【歩き方】長崎駅前より、風頭山行バスに乗り約三十分、終点下車。下りると、遠藤が初期の頃定宿としていた、矢太楼がある。そのまま公園を目指して進むと、風頭公園入り口手前右には、小川凧店（長崎ハタ見聞館）。長崎では、金比羅さまのお祭りに、街中あげての凧合戦が繰り広げられる。「女の一生」のプチジャン神父も参加した。

2 皓台寺
Kodaiji Temple

この寺町界隈には十三もの寺院が甍を並べ、十二の寺は十七世紀前半の創建になる。そのうちのひとつ、皓台寺に、かの転び伴天連・フェレイラは葬られた。

「沈黙」の創作秘話を多く綴ったエッセイ集「切支丹の里」によると、以下のようである。

その後の彼が何処に住んだかについても確実な文献はない。ただ皓台寺の過去帳には「本五島町」で死去したと記述されているから仏教徒に無理矢理に転宗させられた後の彼の檀那寺が皓台寺であり、本五島町に一六五〇年、慶安三年頃に住んでいたということがわかる。

しかし現在の五島町から私は自分の小説のフェレイラの住居を思い描くことはできない。

今日、その皓台寺に行った。浜町から銀嶺の前を通ってしばらく行くと、山の斜面いっぱいに無数の墓の並んだ大きな寺がすぐ見つかる。（略）

私はこの皓台寺とその近所——苔のむした石垣や大きな楠やそして古い家々が真昼の陽の下で静まりかえっている細い道を歩きまわりながら、ここを晩年フェレイラの住んだ場所として自分の作品のなかに描くことに決めた。【切】

皓台寺。フェレイラの墓は、後年、皓台寺から東海寺に移され、さらに谷中の墓地へ移籍したという＊

【歩き方】凧店前まで戻り、右へ折れると、階段が左にあるので、下っていく。途中、街と海がよく見える。風頭町8の住居表示が出たら、右折。墓地中を果てしなく道なりに下ると、皓台寺の脇道へ出る。坂の名前はヘイフリ坂という。

3 眼鏡橋
Meganebashi

ちょっと「女の一生」に寄り道。奉公のため、初めて長崎の町を歩くキクだが。

坂をのぼっておりると、そこから長崎。藁《わら》ぶき農家だけの馬込郷とちがって、黒い瓦の屋根がぎっしりつまっている。お寺の塔もみえる。赤い中国風の建物がある。

「さあ、長崎ばい」

と市次郎は妹の肩を押した。

それは田と畠と雑木林との間に農家の点在する馬込郷とは違っていた。二人はただただ圧倒されて、心細そうに住職と市次郎から離れまいと歩くだけだった。

「あれ、まア」

時々、ミツが足をとめて眼を丸くしたのは中国服を着て辮髪《べんぱつ》を肩にたらした中国人が二、三人、歩いていたからである。彼等は眼の前の石段をのぼって中国寺の朱の門をくぐり姿を消した。

「こいが眼鏡橋ばい。見い。まるで眼鏡

「こいが眼鏡橋ばい」【女二】［撮影・野中昭夫］

んごとあろうが」
途中で住職は足をとめ、川にかかる石の橋を指さした。橋の脚が水面にうつり、影が本当に眼鏡のようだった。【女一】

【歩き方】ヘイフリ坂より、かじや町通りを右、諏訪小手前を左。

4 勝山町、五島町
Katsuyama-machi, Goto-machi

この先は、長崎市中引き回しとなったロドリゴの足跡を辿る。

記録によればこの日、司祭をつれた一行は博多町から勝山町をとおり五島町を通過したと言う。宣教師が捕まれば処刑の前日、このように見せしめのため長崎市中を引きまわすのが奉行所の慣例である。一行が通ったのはいずれも長崎内町と言われる旧市街で、人家も多く雑踏も烈しい場所である。引きまわしの翌日はおおむね処刑にされるのが常だった。

五島町は長崎が大村純忠《すみただ》の頃、はじめて開港した時、五島の移民が集まって住んだ区域で、ここから午後の光にきらめく長崎湾が一望できた。一行のあとをついてきた群集はここまで来ると、祭のようにに押しあいながら異形《いぎょう》の南蛮人が縛られて裸馬にまたがっているのを見物しようとした。司祭が不自由な体をねじらせるたびに嘲笑《ちょうしょう》がひときわ大きくなった。

微笑を作ろうと努めても、もう顔は強《こわ》張《ば》ってしまっている。今はただ眼をつぶり、自分を嘲《あざけ》っている顔、歯をむきだしている顔を見まいと努力するより仕方がなかった。かつてピラトの邸をとりかこんだ群集の叫びや怒号がこのように聞えた時、あの人はやはりやさしく微笑んでいただろうか。

午後の光にかがやいた湾のむこうに大きな入道雲が金色に縁どられながら湧《わ》いていた。雲はなぜか空の宮殿のように白く巨大だった。今まで数限りなく入道雲を眺めながら、司祭はそれをこのような感情で眺めたことはなかった。始めて日本の信徒たちがむかし歌ったあの唄が彼にどんなに美しいものかがわかってくる。「参ろうや、参ろうや、パライソの寺に参ろうや、パライソの寺は遠けれど」あの人もまた、今、自分が震えているこの恐怖を噛《か》みしめたのだという事実だけが、今の彼にはかけがえのない支えだった。【沈】

【歩き方】眼鏡橋を越え、先の坂を上ると、市役所通りに出る。右手、歩道橋の向こうのあたりが、昔の勝山町だ。
そのまま真っ直ぐ坂を下り、交差点の手前を左。瓊の浦公園の脇を進み、すぐ左の坂を上る。右手にテレビ長崎を見て下ると、そこが五島町。フェレイラの晩年の住居があった。当時の面影はないが、ロドリゴが引き回されたその距離や町のアップダウン、海の向こうに見える入道雲は、きっと同じだ。

5 大波止

Ohato

　ロドリゴは大波止を見ただろうか？

　時は経ち明治初期、四番崩れ（79頁）で捕えられた浦上の信徒たちは、この港から、後年彼らがそれを、「旅」と呼ぶことになる、流刑の身とされる。


（遠か国に行かされる……）

　これまで百十四名の百姓たちはみな浦上と長崎のほか、他の場所を見た事はない。山と林と段々畠としかない中野郷や家野郷、本原郷だけが蝸牛《かたつむり》のからのようにしっかりと、彼等の生活に人生に結びついていたのだ。そこで彼等の父や母や祖父や祖母も生れ、育ち、働き、死んでいった。だれも浦上から離れるなど一度も考えたことはない。（略）

「どこに……参るとでござりますか」

　と仙右衛門が自分のそばを歩く役人にたずねた。

「船にのるけん、こんまま大波止《おおはと》に行く」

　と役人は湾を指さして答えた。

「こんまま、すぐ船に乗るとですか」「そう。さきほど聞かされたろうが……」

　この時、はじめて彼等は自分たちが生涯、浦上から引き離されるのだということが実感をもって感じられた。刃《やいば》でえぐられたような苦痛が胸に起った。


　神父たちは跪《ひざまず》いた。できることなら、あの日本人切支丹たちのために身代りにしてほしいとロカーニュは祈った。（略）

　その時だった。彼は何かが遠くで聞えるような気がして顔をあげた。彼だけでなく、そばにいたクザン神父もそれに気づいたのか、耳をすましていた。

「エクテ（お聞きなさい）」

　とロカーニュは湾のほうを指さした。波の音にまじり、かすかに声がきこえてくる。

　たくさんの人間の歌っている歌声である。

　参ろうや　参ろうや
　ハライソの寺（天国の寺）に参ろうや
　参ろうや　参ろうや
　ハライソの寺に参ろうや

　声は波に消え、消えては聞えてくる。彼等なのだ。彼等がこちらに向けて船の上から歌っているのだ。

「私たちも歌おう」

　とクザン神父がみなを促した。そして神父たちも真暗な湾にむけて声をあげた。船上の彼等に聞えるように……。【女一】

【歩き方】そのまま直進すると、大波止通りに出る。潮の香りがする。左へ曲がり、しばらく行った玉江橋あたりが昔の大波止だ。浦上の切支丹たちは、ここから日本全国へ流された。また、天正少年使節が遠くローマへ発ったのもこの港からだ。ロドリゴはこの少し手前で左に折れ奉行所へ連れて行かれたのだろうが、我々はひとまず玉江橋を出島へ渡ろう。

神父たちが天主堂脇から眺めた長崎湾は、こんな感じだったろう

ロドリゴが引き回された頃の市内中心部。右に描かれているのが、奉行所と出島。寛文長崎図屏風より
［2点とも長崎歴史文化博物館蔵］

6 出島 Dejima

オランダ商館跡、つまり出島と呼ばれるあの扇型の人工島はもう昔日の面影はないけれども私はそこに行くたびに彼等がその日記のなかで晩年のフェレイラについて僅かながら記録を残しておいてくれたことに感謝せざるをえない。

少なくともその一六四四年（寛永二十一年十一月）の記録によればフェレイラはこのオランダ商館にたびたび通詞の代りとして呼ばれたのである。彼は奉行所の命令で日本もしくは日本領の島に寄港した船に宣教師や切支丹が残っていないかの訊問通詞をするため、オランダ商館をたずねているのだ。

商館跡にくるたび、私はここには彼の足跡があることを、一種、疼くような気持で考えながら、あたりを見まわす。彼にとっては屈辱のきわみというべきこの仕事。——それをどのような心理でやってのけたのだろうか。かつて自分も信じ、それによって生きたものを裏切るという行為を彼はこの場所でやってのけたのである。

私はその場所を私の作品の最後の章に入れるかも知れない。【切】

復元された出島の中では、ミニ出島が再現されていた
［写真提供・出島長崎市観光宣伝課］

【歩き方】地図を見ると、大波止、玉江橋、長久橋、中央橋で囲まれた江戸町が、かつて岬の突端だったことがよくわかる。玉江橋を渡るとすぐ出島和蘭商館跡だ。当時の姿が復元され、カピタン部屋、乙名部屋などが見学出来る。西側入口から中へ。売店では、古地図、古い絵はがきなどを売っている。退場は東口から。
開場・8・18時（夏は21時半） 休み・なし 料金・大人500円 高校生200円 小中学生100円
電話・095・821・7200

7 西浜町

Nishihamanomachi

「女の一生」の中で小野刑事は、コルベ神父らの活動に違法はないかを探るため、修道士たちへの接近をはかった。戦前のことである。

土曜日の午後、小野は灰色の詰襟を着て、本をいれた風呂敷包みを持ち、西浜町に出かけた。坊主頭に詰襟姿の彼は誰の眼にも自分が真面目な苦学生か、造船所の職工のようにうつるのを知っていた。

西浜町では例の外人たちが通行人にパンフレットをくばっている。彼等のなかにもぐりこむためには、そのパンフレットをもらい、さりげなく話しかけるのが一番自然であり、警戒心を起させない、と小野は判断した。

浜町と西浜町とは長崎の目ぬき通りである。ずらりと商店がならび、冬の風が映画館の幟《のぼり》をはたはたと鳴らしていた。果物屋には蜜柑の箱がならべられ、レコード屋からは甘ったるい女の声が「月が鏡であったなら」という頽廃《たいはい》的な唄を歌っていた。だが、街の底には索莫たるものが感じられた。

索莫とした空気は長崎の至るところにあった。それは日本が暗い谷底に落ちていく予感のためだった。

コルベ神父たちは、ここ西浜町で小冊子を配ることから宣教活動を開始した＊

小さな竜巻を辻々で作っている冬の風。はたはたと音をたてている映画館の幟。宝塚キネマのスター羅門《らもん》光三郎の覆面をした顔が毒々しい彩色で看板に描かれている。

その風のなかに例の外人たちは今日も辛抱づよく立っていた。

「よんでください。ためになるものです」

おぼつかない日本語で外人たちが路行く人によびかけるが、この頃はもう飽きたのか、足をとめる日本人の数はわずかだった。

「よんでください」

彼等がパンフレットをさしだすと、気の弱そうな笑いをうかべ、中年の女は首をふった。と、体のがっしりした外人は哀《かな》しそうに手に持ったパンフレットを引っこめた。

小野は立ちどまって、

「この間、こいば読んだとです」

と真面目な表情で語った。

「そいで……ぼくは……もう少し、あなたたちの話ば聞きたかとですが、どこばたずねたらよかですか」

外人たちの顔が嬉しさでほころんだ。

【女二】

【歩き方】出島橋から江戸町へ渡ると県庁坂へ出る。その右手が昔からの繁華街、西浜町。宣教師の多くは、ポーランドの貧農だった。

8 岬の教会跡 奉行所西役所跡

Site of Santa Maria Church on the Cape
Site of Bugyosho Nishiyakusho

一五七一年、ポルトガル船が長崎へ初めて入港し、ここ長崎県庁の場所にサン・パウロ教会（岬の教会）を建てたのが、切支丹を巡る全ての始まりだ。

数回の建て直しを経て一六〇一年、当時の長崎で一番大きい「被昇天の聖母教会」が完成、イエズス会本部なども置かれることになるが……。

現在の県庁付近に建てられたコレジヨはイエズス会員が高度の教育を日本人に与えた教育機関である。このコレジヨには日本最初の付属印刷所がおかれ、有名な天正の少年使節がヨーロッパから持ってかえった印刷機械によって聖人伝や漢和字書、日本大文典のような本が印刷された事も忘れてはならぬ。セミナリヨでは十六歳前後の少年たちに日本語の読み書きのほか、ラテン語、声楽、器楽、水彩画、油画、銅版画、オルガン、天文儀器などを教えていたと言われている。

少くとも慶長十九年までは長崎は日本が西欧と始めて接触した唯一の大きな接触点となり、その文明と宗教とが海の彼方からもたらされる活動にみちみちた都市だったのだ。切支丹たちにとってここは文字通り、都《みやこ》であり、日本のローマでもあったのである。【切】

その後の禁教令で教会は全て破壊され、寛永十年、今度は長崎奉行所が置かれることになる。

「フェレイラが拷問をかけられたのは、この県庁のあった所だったろう」【切】＊

今度の長崎に来た目的の一つは、フェレイラの晩年をここで味わうためである。寛永十年、一六三三年、十月十八日はフェレイラの生涯にとって致命的な一日だった。井上筑後守の手によって捕えられた彼が奉行所で逆さ吊りにされた後、五時間後に棄教したのだ。

奉行所ははじめ本博多町におかれ、のちに外浦町の現在の県庁の場所におかれたのだが、フェレイラが拷問をかけられたのは、この県庁のあった所だったろう。

（略）

「拷問五時間後、二十三年の勇敢な働き、改宗の無数の果実、迫害と障碍とを聖者のように耐えしのぶことによって確固としていたフェレイラ神父は哀れにも棄教した」

このパジェスの記述を私は県庁前を通りすぎる時、思いださぬことはない。【切】

【歩き方】県庁坂へ出たら左へ。交差点手前左に、イエズス会本部跡、奉行所西役所跡の案内板がある。県庁へ入ってすぐ右側にも同様の碑が立つ。

9 旧外浦町由来の碑

Monument of Origin of Old Hokauramachi

県庁を背に、右手の一角が、旧外浦町だ。遠藤周作の晩年の定宿となった長崎グランドホテルもある。

この町に棄教後のロドリゴ（岡田三右衛門）は住んだとされる。その胸に去来するものは、いったい何だったか？

彼の家は外浦町にあった。長崎に多い細い坂路《さかみち》の一つで両側には家々が覆いかぶさるように並んでいる。すぐ裏は桶屋《おけや》町という桶屋職人の住む通りだったから終日乾いた木槌《きづち》の音がとんとんと聞えてきた。紺屋職人たちの町も反対側にあり、晴れた日には旗のように藍色《あいいろ》の布が風になびいている。どの家も板葺《いたぶ》きか萱葺きで丸山附近の繁華な通りにある瓦屋根の商家はほとんどない。

私は転んだ。しかし主よ。私が棄教したのではないことを、あなただけが御存知です。なぜ転んだと聖職者たちは自分を訊問《じんもん》するだろう。穴吊りが怖《おそ》ろしかったからか。そうです。あの穴吊りを受けている百姓たちの呻き声を聞くに耐えなかったからか。そうです。そしてフェレイラの誘惑したように、自分が転べば、あの可哀想な百姓たちが助かると考えたからか。そうです。でもひょっとすると、その愛の行為を口実にして自分の弱さを正当化したのかもしれませぬ。

それらすべてを私は認めます。もう自分のすべての弱さをかくしはせぬ。あのキチジローと私とにどれだけの違いがあると言うのでしょう。だがそれよりも私は聖職者たちが教会で教えている神と私の主は別なものだと知っている。

あの踏絵の記憶は司祭の目ぶたの裏に焼きつくように残っていた。通辞が自分の足もとにおいた木の板。そこに銅版がはめこまれ、銅版には日本人の細工師が見よう見まねで作ったあの人の顔が彫られていた。

それは今日まで司祭がポルトガルやローマ、ゴアや澳門で幾百回となく眺めてきた基督の顔とは全くちがっていた。それは威厳と誇りとをもった基督の顔ではなかった。美しく苦痛をたえしのぶ顔でもなかった。誘惑をはねつけ、強い意志の力をみなぎらせた顔でもなかった。彼の足もとのあの人の顔は、痩せこけ疲れ果てていた。【沈】

「朝には頭に野菜の籠を載せた女たちがここを通って町に行く。昼には痩せた馬に荷をつけた下帯一つの男たちが大声で唄を歌いながら通過していく。夕方には坊主が鈴をならしながら坂をおりていく」【沈】外浦町とは、そんなところだった＊

【歩き方】県庁を背に右手の農林中央金庫の前に外浦町の碑は立つ。その裏手に、長崎グランドホテルがある。喫茶室で、「沈黙」の最後の一節（次頁）を噛みしめたい。

column

キチジローの信心戻し④

キチジローが神から離れないのか、神がキチジローから離れないのか。そしてロドリゴは、ついに全てを知る……。

自分は近く江戸送りになる。邸を与えられると筑後守は言ったが、それはかねがね聞いていた切支丹牢に入れられることだろう。そしてその牢で自分は生涯を送るだろう。もはやあの鉛色の海を渡って故国に戻ることはあるまい。布教とはその国の人間になりきることだとポルトガルにいた頃、考えていた。自分は日本に行き日本人信徒と同じ生活をするつもりだった。それがどうだ。その通り、岡田三右衛門という日本人の名をもらい、日本人になり……。

（岡田三右衛門か）

彼はひくい声を出して嗤《わら》った。運命は彼が表面的に望んでいたものをすべて与えた。陰険に皮肉に与えてくれた。終生不犯《ふぼん》の司祭であった自分が妻をもらう。

（私はあなたを恨んでいるのではありません。私は人間の運命にたいして嗤っているだけです。あなたにたいする信仰は昔のものとは違いますが、やはり私はあなたを愛している）

夕暮まで窓に靠れて、彼は子供たちを眺めていた。子供たちは凧《たこ》につけた糸を持って坂を走りまわるが、風がないために凧はただ地面に引きずられる。

夕暮になって雲が少し割れ、弱々しい陽がさした。凧あそびにあきた子供たちは門松につけた竹を手に手にもち、家々の門口を叩きながら唄を歌っている。

もぐら打ちゃ、科《とが》なし科なし
ボウの目、ボウの目、祝うて三度
イチマツボウ、ニイマツボウ
三マツボウ、四マツボウ

彼は小声でその子供の唄をまねてみた。よく歌えないので寂しかった。「もぐら打ちゃ、科なし科なし」目の見えぬくせに地面を這いずりまわるあの愚かな動物が自分とよく似ているような気がする。向いの家で老婆が子供を叱りつけている。この老婆が毎日二度、食事を運んでくれるのである。

夜、風が吹いた。耳をかたむけていると、かつて牢に閉じこめられていた時、雑木林をゆさぶった風の音が思い出される。それから彼はいつもの夜のように、あの人の顔を心に浮べる。自分が踏んだあの人の顔を。

「パードレ。パードレ」

くぼんだ眼で記憶にある声の聞える戸を見つめると、

「パードレ、キチジローでございます」

「もうパードレではない」司祭は両膝を手でだきながら小声で答えた。「早う帰られるがよい。乙名殿に見つかると厄介なことになります」

「だがお前さまにはまだ告悔《コンヒサン》をきく力のおありじゃ」

「どうかな」彼はうつむいて、

「私は転んだパードレだから」

「長崎ではな、お前さまを転びのポウロと申しております。この名を知らぬ者はなか」

膝小僧をかかえたまま司祭は寂しく笑った。今更、教えられなくても、そんな渾名《あだな》が自分につけられていることは前から聞いていた。フェレイラは「転びのペテロ」と呼ばれ、自分は「転びのポウロ」と言われている。子供たちが時々、家の門口に来て大声でその名をはやしたてることもあった。

「聞いて下され。たとえ転びのポウロでも告悔《コンヒサン》を聴問する力を持たれようなら、罪の許しば与えて下され」

（裁くのは人ではないのに……そして私たちの弱さを一番知っているのは主だけなのに）と彼は黙って考えた。

「わしはパードレを売り申した。踏絵にも足かけ申した」キチジローのあの泣くような声が続いて、「この世にはなあ、弱か者と強か者のござります。強か者はどげん責苦にもめげず、ハライソに参れましょうが、俺《おい》のように生れつき弱か者は踏絵ば踏めよと役人の責苦を受ければ……」

その踏絵に私も足をかけた。あの時、この足は凹《へこ》んだあの人の顔の上にあった。私が幾百回となく思い出した顔の上に。山中で、放浪の時、牢舎でそれを考えださぬことのなかった顔の上に。人間が生きている限り、善く美しいものの顔の上に。そして生涯愛そうと思った者の顔の上に。その顔は今、踏絵の木のなかで摩滅し凹《へこ》み、哀しそうな眼をしてこちらを向いている。（踏むがいい）と哀しそうな眼《まな》差《ざ》しは私に言った。

（踏むがいい。お前の足は今、痛いだろう。今日まで私の顔を踏んだ人間たちと同じように痛むだろう。だがその足の痛さだけでもう充分だ。私はお前たちのその痛さと苦しみをわかちあう。そのために私はいるのだから）

「主よ。あなたがいつも沈黙していられるのを恨んでいました」

「私は沈黙していたのではない。一緒に苦しんでいたのに」

「しかし、あなたはユダに去れとおっしゃった。去って、なすことをなせと言われた。ユダはどうなるのですか」

「私はそう言わなかった。今、お前に踏絵を踏むがいいと言っているようにユダにもなすがいいと言ったのだ。お前の足が痛むようにユダの心も痛んだのだから」

その時彼は踏絵に血と埃《ほこり》とでよごれた足をおろした。五本の足指は愛するものの顔の真上を覆った。この烈しい悦びと感情とをキチジローに説明することはできなかった。

「強い者も弱い者もないのだ。強い者より弱い者が苦しまなかったと誰が断言できよう」司祭は戸口にむかって口早に言った。「この国にはもう、お前の告悔をきくパードレがいないなら、この私が唱えよう。すべての告悔の終りに言う祈りを。……安心して行きなさい」

怒ったキチジローは声をおさえて泣いていたが、やがて体を動かし去っていった。自分は不《ふ》遜《そん》にも今、聖職者しか与えることのできぬ秘蹟《ひせき》をあの男に与えた。聖職者たちはこの冒瀆《ぼうとく》の行為を烈しく責めるだろうが、自分は彼等を裏切ってもあの人を決して裏切ってはいない。今までとはもっと違った形であの人を愛している。私がその愛を知るためには、今日までのすべてが必要だったのだ。私はこの国で今でも最後の切支丹司祭なのだ。そしてあの人は沈黙していたのではなかった。たとえあの人は沈黙していたとしても、私の今日までの人生があの人について語っていた。【沈】

横瀬浦の夕ぐれ。今は鄙びた漁港だが、一五六二年からの二年間、ポルトガル船が寄港し、切支丹の港町として栄えた。入江の口にうかぶ八ノ子島には、往時と同じく大十字架が再建されている

横《よこ》瀬《せ》浦《うら》

宣教師の時代そのまま

右上隅にちらりと八ノ子島が見え、横瀬浦は今日も宣教師の時代そのまま、静かに暮れてゆく

横瀬浦は、西彼杵《にしそのぎ》半島の北端にある。戦国時代、現在の大村市を中心に長崎からこの半島一帯を支配していた大村領主、大村純忠がここで受洗した。切支丹大名の第一号だ。

横瀬浦は今はさびれた漁港である。だがここは大村純忠がポルトガル人たちに開港を許した永禄五年から二ヵ年の間は、我国と西欧とが交流する最も大きな港だったのである。（略）

今日、さびれたこの横瀬浦は、しかしさびれているが故に、当時の宣教師の描写をそのまま保っている。アルメイダ修士はその頃、次のように書いている。

「横瀬浦港はポルトガル人の間では扶助者の聖母の港と言われている。港口には高い丸い一つの島があり、その頂上には甚だ美しい十字架があって、遠方からでも望むことができた。十字架を立てたのは三日間、毎日午後空中に十字架が顕われたためで……」

その十字架のある島は現在八ノ子島といわれる小島であり、今もそこには昔通り、十字架が建っている。【切】

横瀬浦が国際貿易港として短命だったのは大村家のお家騒動のため。純忠の義弟が兵を起こし、当地にあった純忠の館を攻め、教会をはじめ港町一帯を焼き打ちにしたのだ。

現在、崖地と畠に変った教会跡にたつと、うすよごれたわびしい横瀬浦の家々が眼下に点在する。純忠はこの教会で毎夜午前三時に来てはミサにあずかり、いつまでも聖堂に残り朝方まで教義に耳を傾けたという。【切】

【歩き方】 横瀬浦までは、対岸の佐世保港より小型高速船で十五分程度。港を見下ろすかつての教会跡地が、横瀬浦史跡公園として整備されている。

生月《いき》《つき》 かくれ切支丹の島

平戸に近い五島や生月《いきつき》の島々には、浦上同様、鎖国の長い歳月のあいだ、ひそかに父祖伝来の信仰を守りつづけた農民や漁師たち――つまり、「かくれ切支丹」がたくさんいたのである。これらの人の基督教は教会もなく指導する司祭もなかったため、日本の神道や迷信と混って基督教とは似而非なる宗教に変ったが、今なおその信仰をまもりつづけている老人たちがいる。【切】

潜伏先のトモギ村からひそかに舟で脱出した「沈黙」の主人公ロドリゴが、キチジローの裏切りにより、ついに数人のかくれ切支丹と共に捕縛されるのが生月島である。今、生月島は人口約八千五百人。そのうち千人ほどの人たちが、かくれ切支丹の信仰を守りつづけている。すぐそばには、聖地・中江ノ島もある。

明治六年、キリスト教が解禁されると多くのかくれ切支丹はカトリックにもどった。あえて先祖の習わしを守りつづけたのが現在のかくれ切支丹であるが、生月以外ではすでに信仰組織も消滅寸前で、行事も年三～四回にすぎない。しかし生月ではまだ四つの集落において年三十～四十回もの行事が営まれ、納戸と総称されるさまざまな御神体を祀り、はるかにグレゴリオ聖歌の流れをくむ「唄オラショ」を唱えるなど、儀礼の内容も多彩。忘れてはならないのは、この島が外海や五島とは違い、経済的にとても恵まれていたことだ。何しろかつては日本一のクジラ漁の基地だった。

平戸より巨大な生月大橋を渡り始めると、向こうには生月島の濃い緑がゆらぎたつ。島の入口にあたる舘浦港を過ぎる。

海岸道路を北へむかうと、やがて左手の山の上に巨大な十字架が見えてくる。ここには、はるか昔、切支丹の集団墓地があり、やはり大十字架がそびえていた。十字架のたもとには、ガスパル様と呼ばれる石積の墓がある。禁教令が出ると松浦藩も弾圧へと転じ、籠手田・一部の一族も追放されてしまう。あとに残された切支丹の支柱となったのがガスパル西玄可で、一六〇九年、妻子とともにこの場所で斬首され、殉教した。ガスパル様は一家の墓であり、かくれ切支丹、カトリック双方の聖地である。

端から端まで車で二十分くらいの島だが、ダンジク様だけは遠かった。殉教した夫婦と幼子の切支丹を祀る祠で、島の西側の崖を降りた海際にあるのだ。だが、最近も拝んだ人がいるらしく、ロウソクの燃えかすが残っていた。

丘陵地に戻ると、やはり殉教者を祀った幸四郎《サンパブロー》様という石の祠。昔は周囲の森に下足で入ることも許されなかった。ほかに焼山、茶屋のジサンバサン、お屋敷様、アントー様、千人塚、八体龍王様などなど、聖地はたいてい殉教にかかわりがあるらしい。どこも、石の鳥居が立っていたりして、神社の祠みたいである……。

ダンジク様のお掛け絵。ジゴクの弥市兵衛、その妻マリア、息子ジュアンを描く。彼ら一家は五島に逃れようとして、ダンジクの林に隠れているところを発見され、処刑されたという［生月町博物館島の館蔵］

【歩き方】 中継地点の平戸までは、佐世保よりバスまたは松浦鉄道で一時間半程度。生月へは、平戸より車で三十分程度。生月から中江ノ島は、漁船チャーターしかない。

パブロー様を祀った祠、「幸四郎様(サンパブロー様)」[左上]

「ダンジク様」の祠は、険しい崖道をくだった海際にある。
ダンジクとは、この一帯に多い竹の名である[右上]

聖地「ガスパル様」は、生月の切支丹の指導者であった
ガスパル西玄可とその妻子が処刑され、葬られた場所である[左]

「焼山」は、切支丹時代に教会が建っていた場所。
地名の由来は弾圧によって教会が焼き討ちされたからだとも、
斬り捨てた切支丹の死骸を穴に放り込んで焼いたからだともいう[上]

中《なか》江《え》ノ《の》島《しま》

聖地

平戸と生月の中間にうかぶ中江ノ島。
この島とその周囲の海で、
数十人の切支丹が殉教した。
1622年6月8日に殉教したジョアン次郎右衛門は、
「ここから天国は、もうそう遠くない」と呟いて、
従容として死についたという

かくれ切支丹の聖地は、平戸から車と舟で一時間半ほどいった中江ノ島である。私も数度ここを訪れたが、まったくの無人島で、ただその岩壁の一ヵ所に小さな祠がある。

かつてこの島は、平戸切支丹の処刑場となったところで、その際、殉教した生月の人ジュアン次郎右衛門その他はここで斬首された。それをかくれ切支丹は、聖地として今でもまつり、岩清水を聖水として持ちかえるのである。【切】

釣り船をチャーターして島へ渡ることにした。作家もやはり、船をたてて中江ノ島へ向かっている。沖へ出ると思いのほかに波が高く、けっこう怖い。その波の間に、むきだしの岩肌を見せて、中江ノ島の姿が近づいてくる。

裸足のまま、油で光ったような黒い岩に飛びうつる。（略）左手も右手も絶壁である。その右手の四十五度に傾斜した岩壁の一角に何やら小祠があるのが見える。岩に手をかけて、その祠に近づくと、十字架の印があって、あきらかに、かくれ切支丹たちが祭ったものだとわかる。

祠の扉をそっと開くと、枯れた草花が花瓶にまだ残っていて最近、誰かが来たらしい。祭ってあるのは下帯一つの男の人形が三体である。（略）前面は海である。白い波濤がすぐまぢかまで押しよせて水煙をあげては次の波濤に代る。岩の上で合掌し、首を前にさし出した切支丹たちの姿がみえるようだ。（略）処刑が終ると血は波が洗うにまかせ、死体はこの青黒い海と海草とのなかに放りこんだにちがいない。【切】

中江ノ島にあるサンジュワン様の祠。この島ではジョアンという洗礼名の切支丹が4人殉教しており、島そのものもサンジュワン様と呼ばれる。祠のそばにしたたる岩清水＝サンジュワン様の水は、かくれの儀式には欠かせない聖水である

ふと岩場の周囲に、鬼百合の花がゆれているのに気づく。遠藤周作が来たとき、そして殉教のとき、やはりこの赤い花は咲いていただろうか

戦後コンクリートで再建されたが、
81年のローマ法王訪日を
機に外壁をレンガタイルで改装。
往年の姿が復元された浦上天主堂

「女の一生」の舞台を歩く
その1
旧浦上村

1.聖徳寺
2.サンタ・クララ教会の記念碑
3.ベアトス様の墓
4.帳方屋敷跡
5.十字架山
6.浦上天主堂
7.原爆落下中心地碑
8.長崎原爆資料館
【所要時間】約4時間。

愛と哀しみの浦上村

その蔑まれた小さな村の受難の歴史は私には非常に興味がある。村民は徳川幕府の時代から明治にかけて切支丹であることを四度発見され、その都度、迫害をうけている。（略）

そして受難と試練の村に最大の悲劇がもたらされたのは、他でもない第二次大戦の終りだった。周知のように小倉に向う筈だった米国のB29が天候の理由で進行方向をかえ、長崎に原子爆弾を落した時、その落下地点は浦上村の真上にあたっていた。浦上の天主堂は一瞬にして瓦礫となり、中にいた多くの信者たちは全員すべて倒れたのである。

浦上に行くたびに、この皆に蔑まれたという村が近代から現代にかけて残したもの、その受けた苦しみと受難のことを考えると、浦上は何か崇高なもののシンボルのように思われるのだ。【切】

「幸いなるかな　心の貧しき者　天国はその人のものなり」。イエスの山上の垂訓そのままに生きたとも言える浦上村。その受難と栄光の歴史を辿る。

1 聖徳寺

Shotokuji Temple

「女の一生」は、このお寺から書き起こされる。もちろん二人の娘は、自分たちがやがてキリシタンと深く関わり合うことなど何も知らない。

作者はまず――、

この小説に登場する二人の娘を御紹介しておかねばならない。

彼女たちの名はミツとキク。ひとつ違いの従姉妹《いとこ》である。

名字がないのは、二人が生れたのが幕末で、家はそれぞれ長崎に隣接する浦上《うらかみ》村馬込郷の農家だったからだ。

だから、長崎の御奉行所や聖徳寺《しょうとくじ》の和《お》尚《しょう》さまは彼女たちの戸籍を「馬込郷の茂《も》平《へい》の娘ミツ、同じく新吉の娘キク」と書きこんだ。聖徳寺はこの一帯の檀那寺《だんなでら》だった。

もしあなたが偶然、長崎に行かれ、長崎駅から車を原爆落下地点の方に走らせると、国道にそって右側に聖徳寺幼稚園という字を書いた寺がみえる。その一帯がかつての馬込郷である。（略）

山が海岸まで迫っていて耕作地が少ない。だから馬込郷の農民もその隣の里郷、中野郷、本原郷、家野郷の百姓たちも山の斜面を利用したり、丘と丘との間の谷を畠にして生活を営んでいた。戸数だってこれらの郷をあわせて九百戸にすぎなかったろう。

「ミツやキクが生れた頃はこのあたり、海がすぐそばだった。聖徳寺などは海べりの丘に建っていたのである」【女一】＊

当時の面影を偲《しの》ぶ何ものもなくなり、すっかり新興住宅地となったのがこの馬込のあたりだが、しかし私は長崎に来るたびにいつもその一角にたちどまって眼をつぶりミツやキクが生きていた頃の風景を想像してみるのである。

楠《くすのき》やハンの樹の多い山。その斜面に点在する藁《わら》屋根の農家。そしてそこからは真下に長崎の入江や埋めたてて作った新田が見おろせる。

陽光と緑にみち、そのくせ気の遠くなるほど静かな馬込郷の集落。大きな楠から小鳥の声がする。その声が聞えなくなるお昼時にはどこかで鶏が鳴いている。

【女一】

禁教令に続く、寺請制度により、多くのかくれ切支丹たちも、いずれかの寺の檀家となることが義務づけられた。浦上村の檀那寺は、聖徳寺であった。

【歩き方】長崎駅より路面電車赤迫行きに乗り、銭座町駅で下車。右手後方の丘に鎮座する。

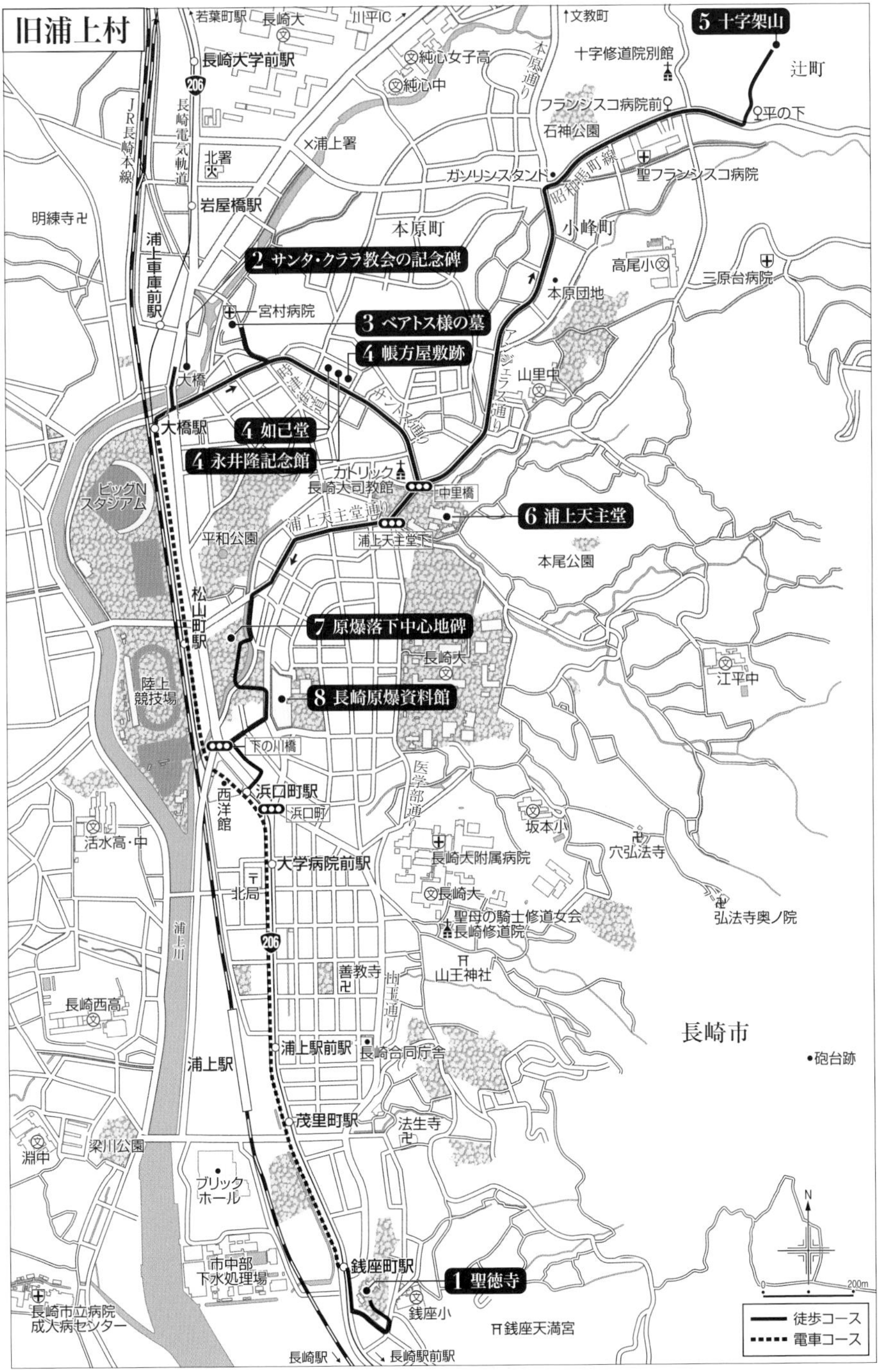
旧浦上村
若葉町駅
長崎大
川平IC
文教町
5 十字架山
長崎大学前駅
純心女子高
純心中
十字修道院別館
辻町
JR長崎本線
長崎電気軌道
本原通り
フランシスコ病院前
平の下
石神公園
浦上署
北署
ガソリンスタンド
昭和馬町線
聖フランシスコ病院
岩屋橋駅
明練寺
本原町
小峰町
浦上車庫前駅
2 サンタ・クララ教会の記念碑
高尾小
三原台病院
本原団地
宮村病院
3 ベアトス様の墓
4 帳方屋敷跡
アンジェラス通り
山里中
大橋
大橋駅
4 如己堂
4 永井隆記念館
カトリック長崎大司教館
サントス通り
中里橋
ビッグNスタジアム
浦上天主堂通り
浦上天主堂下
6 浦上天主堂
平和公園
本尾公園
松山町駅
7 原爆落下中心地碑
長崎大
江平中
陸上競技場
8 長崎原爆資料館
下の川橋
医学部通り
西洋館
浜口町駅
浜口町
活水高・中
坂本小
穴弘法寺
大学病院前駅
長崎大附属病院
北局
長崎大
聖母の騎士修道女会
長崎修道院
弘法寺奥ノ院
浦上川
206
善教寺
山王神社
山王通り
長崎西高
長崎市
浦上駅前駅
長崎合同庁舎
浦上駅
砲台跡
茂里町駅
法生寺
梁川公園
淵中
ブリックホール
N
市中部下水処理場
銭座町駅
1 聖徳寺
0
200m
長崎市立病院成人病センター
銭座小
銭座天満宮
徒歩コース
電車コース
長崎駅
長崎駅前駅

2 サンタ・クララ教会の記念碑

Site of Santa Clara Church

大浦天主堂での信徒発見（98頁）後、浦上村を訪れた司祭たちには二百五十年分の仕事が待っていた。

　プチジャンもロカーニュもほとんど眠っていなかった。野戦病院の医師のように二人はあちこちで訴える声をきいて、その求めに応じて一晩中、中野郷、本原郷、家野郷を歩きまわった。

「おっ母さんはひどく悪かかね。そうでなかったら今少し待てと言うてください、私たち二人ではとても廻りきらん」

「パードレ」

　見知らぬ一人の男が皆をかきわけて前に出ると、おずおずと哀願した。

「俺は出津の者たい。出津にも切支丹おるとばい。出津だけではなか。外海《そとめ》のほうには、切支丹のあまた息ばこらしてかくれとると。パードレ、みな、パードレの来るとば毎日毎日待っとるとですばい」

サンタ・クララ教会（家野郷）は、一六〇三年に建てられ、当時は浦上村の唯一の教会だった。禁教令で教会が破壊された後も、村人たちは教会跡を祈りの場とし、毎夏には盆踊りを装って、祈ったという＊

　海岸からは喚声が一段と烈しく聞えてきた。競漕がはじまったのだ。喚声にまじって太鼓やドラの音がひびいてきた。人々は今、祭りに酔いしれていた。

　だがここは祭りではなく人間の苦悩と悲しみとが充ちていた。「人、その友のために死す。これより大いなる愛はなし」プチジャンはあの聖書の言葉を思い出した。

　幸いなるかな　泣く人

　彼等は慰められるべければなり

　彼は片手をあげて苦しみや悲しみに曝されたそれら人間の顔を祝福した。【女一】

【歩き方】銭座町駅より再び路面電車赤迫行きに。車窓より右手に見える小高い山が、プチジャンと清吉が密会した金比羅山。大橋駅下車。駅の場所はかつての中野郷にあたる。記念碑は大橋を渡りすぐ右手。ここは家野郷。更に本原郷を加えた三集落が、かくれ切支丹の郷だった。

3 ベアトス様の墓

Tomb of Beatosu-sama

「お前……どこの者《もん》か。長崎か」

「中野」

と少年（清吉）は怯《おび》えながら答えた。

「なに中野郷？」

中野と聞いた時、市次郎の顔に不快な色が浮んで、

「中野郷の者のなして、こん馬込郷ばうろついとる（略）用もなかとに中野郷の者がここらへんば、うろうろ、すんな。クロの奴は俺、好かんと」

とあごで立ち去るよう命じた。【女一】

原爆の日、周囲の建物は倒壊、炎上したが、この碑だけは強烈な爆風でも倒れず残った。爆心側の左側面は、今も熱線で黒く焦げたままだ＊

　ベアトス様の墓の周辺こそ、清吉らの中野郷だ。ついでミツの兄、市次郎は、中野郷の探索をお上より命じられる。


　畠仕事を早く終えた夕暮、彼は父親にだけうちあけて馬込郷と中野郷との境になっている浦上川をわたった。

　それは別に何の変化もない夕暮の風景だった。雑木林や畠や丘陵を背景に、つぶれたような藁屋根の家があちこちに数軒ずつかたまっている。

　人に見つからぬように林のなかに入った。新芽のふき出た春の林は青くさい臭いがした。その新芽をつまんで彼は口のなかに入れた。

　しばらく幹にもたれ、家々を眺めたり、牛を引いている子供の動きを追っていたが、それにもあきた。（略）

　だがその時――、子供の引いている牛のかげに彼はもう一人、大人が歩いているのに気がついた。丈のたかい大人だった。

　百姓とはちがう。と言って侍でも町人でもない。百姓風の恰好をしているが異人だった。異人が野良着を着ているのである。

「あッ」

と市次郎は思わず声を出した。【女一】

　こうして、浦上村四度目の受難の日々（浦上四番崩れ）が始まる――。

　さてベアトス様とは、家光の時代にこの地で火刑にされ殉教した徳高い三人家族。浦上村民たちは、その思い出を守るため、三百五十年に渡りこの埋葬地を大切にし、ついに一九三六年墓碑を建てた。


【歩き方】大橋を戻り、サントス通りを進むと時津街道へ出る。時津街道は当時、長崎中心部と浦上村を結んだメインルートだった。右へ行けば、西坂に出る。五島屋へ奉公にあがるキクが歩き、プチジャン神父が野良着姿で歩き、桜町牢へ入れられる清吉や仙右衛門が歩いた道だ。ベアトス様は、ここを左へ折れ、すぐ左、病院手前の一角に立つ。

4 帳方屋敷跡

Site of Chokatayashiki

江戸期の長きにわたり、かくれキリシタンの秘密組織がここに置かれたという。

ぽつり、ぽつり、清吉の語るところによれば――、

教えてくれる神父も、心の拠《よ》りどころである教会もなくなってから、中野や家野、本原の郷の住民は仕方なく、口づたえに父や母が信じた基督教を子や孫に伝えることにしたと言う。

浦上三番崩れで、かくれの組織が崩壊するまで、代々の帳方がこの地に住んだ。また、自らも被爆しながら、被爆者の救護活動に奔走した永井隆（婦人は帳方の孫）の記念館も建つ＊

だがすべては秘密のうちに行わなくてはならぬ。自分たちが切支丹であることは他の村に絶対に気づかれてはならぬ。

だから奉行所の御命令でどの家も仏教徒に変ったことにした。毎年一度の踏絵にも出て、キリストや聖母の顔を踏むようにした。

しかし人目にわからぬよう、自分たちの間では基督教の洗礼を赤ん坊に授け、クリスマスや復活祭を祝い、毎日の祈りも唱える生活をつづけた。

もちろんそうした洗礼やミサを行う神父がいないから、仲間からそれぞれの役をやる者を選んだ。

クリスマスや復活祭がいつかを毎年くりだして仲間に伝えるのが「帳方」という役である。

赤ん坊が生れるとそれに洗礼を授ける役が「水方」という。洗礼の際、赤ん坊の額に水をかけるからであろう。

「水方」と「帳方」との間の連絡係は「聞き役」という。

だがそういう秘密の役をつくり、きびしい仲間意識があっても、いつ奉行所の眼に発覚するかもしれない。

事実、浦上には幾度か、奉行所の手入れがあった。寛永年間に二度、天保《てんぽう》年間に一度。浦上は長崎奉行所にとっては胡散くさい、疑わしい集落だったのである。

「そいでも、わしら、負けんやったばい」

と清吉は若者らしく誇らしげに笑った。

【女一】

【歩き方】サントス通りへ戻り左手に進みすぐ。永井隆記念館　開場・9-17時　休・年末年始　料金・一般100円　電話・095・844・3496

5 十字架山

Jujikayama

本原郷の粗末な小屋でプチジャンはロカーニュ神父と並んで立っていた。彼の前には汗と泥、貧しさと労働、病と苦しみとに長年、曝《さら》された顔がぎっしり並んでいる。

「パードレ、早う来てくれまっせ。おっ母のもう助からんごとある。息ば引きとる前にパードレのオラショ（祈り）ばしてもらいたかて言いつづけとりますけん」

昨夜からそれらの顔は次々とプチジャンに哀願の言葉で迫ってきた。子供の洗礼を、罪の告白を——そして死の前の祈りと秘蹟とを彼等は必死で求めている。【女二】

信徒発見直後、浦上村での司祭たちの仕事には、際限がなかった。本文中の本原郷とは、十字架山へ向かう途中左手の本原町のことである。

かくれ切支丹たちの村、浦上は今日、もう村の面影は全くない。彼等信徒がかつて祈ったベアトス様の墓や十字架山は今でも見られるが、浦上は長崎の外廓の住宅地として全く変貌しつつある。【切】

十字架山は、一八八一年、全国各地への流刑から戻ってきた浦上の信者たちによって、信仰を貫けたことへの感謝と踏絵を行ったことへの贖罪の現れとして築造された。一九五〇年、教皇ピオ十二世によって、公式の巡礼地ともなった。

【歩き方】浦上天主堂へ出たら、アンジェラス通りへ。次いで、昭和馬町線（通り）へ折れ、平の下バス停手前を左へ上っていくと十字架山の案内板が出る。浦上天主堂から十字架山までは、二、三十分。最後はかなり急な階段となる。

頂上は、芝生の気持ち良い広場だった。「十字架の道行」が出来るように、14本の十字架が立っている＊

6 浦上天主堂
Urakami Cathedral

信徒会館内には原爆資料室がある。
原爆で破壊された鐘や、
もげた聖人の首が並んでいた。
浦上地区の信徒12000人の内
8500人が爆死したという＊

馬込郷でもこの踏絵は毎年、正月十二日、庄屋の高谷《たかや》家で行われた。この日には馬込郷の若い男女も肩をならべて庄屋さまの庭に集まった。

踏絵とは言うまでもない。禁制の切支丹をひそかに信じていないことを役人に見せる証《あかし》なのである。キリストや聖母マリアの顔を彫った銅板を素足で踏んで、

「南蛮の邪宗は信じとりまっせん」

とはっきり示すためのものである。

【女一】

この庄屋家の跡地に、後の浦上天主堂が、建てられることになるとは、まだ誰も知らない（庄屋家の石垣は今も残る）。

（俺どんは……勝った）

土百姓よ、クロよと嘲《あざけ》られた自分たちが一揆《いっき》や反乱ではなく、ただ信仰の力でお上《かみ》に勝ったのだと仙右衛門は思った。ただかぼそい信仰の力だけで……。（略）

だが、彼等が帰ってきた頃の浦上は荒れに荒れていた。ロカーニュ神父はその手紙でこう書いた。

「悲しい事に彼等の畠はあの流刑ですでに人手に渡っているのです。住家もこわされ、他の人たちが入っています。どこをむいても悲惨と貧困だけです。長崎県庁は彼等のためにさしあたり、掘立小屋を急造し、雨つゆをしのがせるようにしています」（略）

そんな苦役に似た毎日のなかで日曜日に大浦の教会まで行くことだけが彼等の悦びだった。浦上から大浦までの路は二里だったが、遠いと思う者は一人もいなかった。しかしやがて彼等はこの浦上に自分たちの教会を持ちたいと考えるに至る。それがやがて浦上の大天主堂となって実現するのだが、それまでには長い歳月がかかった。【女一】

ついに信仰の自由を勝ち得た彼らは、一八八〇年庄屋家跡に仮聖堂を建てるも、ロマネスク式の本聖堂の完成は一九一四年まで待たなければならなかった。

工場の昼休み、本尾町にある浦上天主堂まで坂路《さかみち》をのぼることがあった。そして、婆しゃまが語ってくれたこの天主堂の由来を思い出すのだった。

「長か旅んあと、家も畠もめちゃくちゃになっておったばってん、みんなは、ぼうふらのわいた水ば飲み、芋ばかじって働きに働き、そんなかから金ばためて、自分たちで教会ば建てたと。そいが浦上の天主堂たい」

婆しゃまはそう話していたのである。

まるで蝸牛《かたつむり》の身体と殻とがむすびついているように、今日までのサチ子と大浦の教会とはしっかり合わさっている。あ

の教会をぬきにしてサチ子は自分を考えられないくらいだ。だからここ浦上の人たちにとって、この浦上天主堂がどんなに大切な場所であるかは彼女にもよくわかった。【女二】

しかし天主堂と村人たちは、また新たな悲劇の舞台の中心となるのだった。まるで、ヨブのように……。

【歩き方】十字架山より戻ってくると、天主堂の直前にサンパウロなどがあり、キリスト教関係の品物を売っている。

まず、川の手前から、原爆のため崩れ落ちた天主堂の鐘楼ドームを見よう。

教会前広場右手には信仰の碑が立つ。四番崩れにより、三千名以上が流刑にされ、六百人以上が死亡、二千人弱が信仰を貫き、千名強が棄教するも帰信した、その記念である。

信徒会館　開場・9時半-17時半　休・木　料金・なし　電話・095・844・1777

崩れた旧天主堂の鐘楼ドーム（下の絵ハガキ上部）。爆風と火災で谷まで落ちた＊

「浦上の天主堂は大浦の教会より、もっと大きく堂々としていた。
白っぽい大浦の教会がどちらかといえば
女性的なのにたいして、煉瓦づくりの浦上のそれは、
たくましい男がふとい腕をくんで、
たっているように丘の上に直立していた」【女二】
（昭和初期の絵ハガキより）

原爆落下中心地碑のそばには、旧浦上天主堂の遺壁の一部が移築されている。てっぺんにはザビエル像が立つ＊

87 原爆落下中心地碑
Atomic Bomb Hypocenter Monument

長崎原爆資料館
Nagasaki Atomic Bomb Museum

そして八月九日、浦上村に運命の時が近づく――。

長崎の空が雲に覆われているため、爆撃がむつかしいというペルト大尉の報告を聞いた時、ジムは事実、ほっとした。これで彼の思い出のしみこんだ長崎は救われる、と……。（略）

「もう一度、旋回して、爆撃不可能ならば沖縄に戻る」

結論が出た。ジムはレーダーを見つめ、ペルト大尉は操縦桿《そうじゅうかん》を握りしめ、最後の旋回を行った。

その時である。東から吹く風に、わずかだが雲に割れ目ができた。爆撃手のビーハンがそれをみつけて、叫んだ。

「しめた。青空がみえます」

ブザーが連続的に鳴った。搭乗員全員はポラロイド・グラスを顔にかけた。

（なんという、なんと運の悪い……）

ジムは眼をつむり、そう呟いた……。

爆弾倉が開かれた。照準器が三菱の兵

一瞬にして、廃墟となった浦上天主堂。
［写真撮影・小川虎彦、提供・長崎原爆資料館］

器製作所を捉《とら》えた。時間は昼前、十一時二分だった。

サチ子にとってあの日のことは、後年結婚し母となっても、深い傷跡と残った。

あの八月九日の午前十一時二分。爆心地からだいぶ離れた市内の防空壕にいたサチ子の額をうった閃光《せんこう》。すさまじい地響き。天井の砂が落ちてきた。

何人かの人と防空壕を出るまでは、世界がその一瞬で地獄になったとは思いもしなかった。サチ子がさっきまでいた工場が全滅しただけでない。まわりの、彼女にとって故郷ともいうべき浦上が阿鼻《あび》叫喚《きょうかん》の場所となっているとは考えもしなかった。その朝、彼女と話をした加藤ひろ江も係長も八味さんも、もうこの世にいないとは想像もしなかった。

いや、もういやだ。思いだしたくもない。

彼女はだから、子供たちにも詳しくはその日のことは語らない。言葉では、とても伝えることのできぬものがある。

【女二】

【歩き方】浦上天主堂通りを進み、川を越えた左に原爆落下中心地碑が立つ。原爆資料館へは、公園より小さい橋を渡る。館内では、被爆前の長崎、原爆投下までの経過、被爆した街の様子や、浦上天主堂の惨状が展示されている。帰りは路面電車の浜口町駅へ。この駅あたりから、かつての馬込郷（キクの故郷）となる。

開場・8時半〜17時半（夏は延長あり）休・年末

料金・一般200円　小中高校生100円

電話・095・844・1231

「女の一生」の舞台を歩く
その2
丸山から大浦天主堂＋大籠町

1.思案橋
2.思切橋
3.丸山
4.唐人屋敷跡、土神堂
5.大浦海岸通り
6.大浦天主堂への坂
7.大浦天主堂
8.旧羅典神学校（キリシタン資料室）
9.祈念坂
10.十六番館
11.聖コルベ記念室

【所要時間】約3時間。
【番外編】ゼンチョ谷（善長谷教会）［大籠町］
長崎駅よりバス利用で、往復3時間半。

キクの祈り

キリスト教のキの字も知らずに育ったキクだったが、やがてキリシタンとして迫害され続けるとなりの郷の青年、清吉と出会い、彼を助けたいと一心に願うようになる……。

「祈れば、清吉さんは本当に助かるとですか」（略）
プチジャンはこの日本人の娘をいたわるようにうなずいた。
その夜から、教会の横の小さな家でキクははじめて祈ることをやってみた。清吉のくれたあのメダイを掌にのせ、そこに刻まれた聖母マリアの顔をみつめながら彼女はこう祈った。
「あんたはどなたかは知らん。ばってん清吉さんが崇《あが》めとる女たい。女ならうちのこん気持、わかってくだされ。おねがいします。清吉さんば辛か目に会わさんごとしてくだされ」**【女一】**

キクの短い生涯を、その祈りと共に歩く。

遠藤が「日本のいかなる教会よりも
心がこもって美しい」と書いた大浦天主堂は、
1864年、フランス人宣教師たちが創建した。
時は幕末、布教はまだ御法度だったが、
外国人が居留地内に教会堂を建てることは許された。
明治初期に増築されたが、内部は創建時のまま。
洋風建築では現在、唯一の国宝だ

21 思案橋 Shianbashi 思切橋 Omoikiribashi

まだ恋を知らぬ頃のキクたちが奉公先のお使いで歩いた思案橋周辺は、今も昔も繁華街の中心である。そしてその一歩先は……。

その日、彼（プチジャン）は日本人たちがアチャさんと呼んでいる中国人たちの住居地区を通り、いつものように思案《しあん》橋《ばし》の近くに出た。「思案橋」とはその橋のそばに——彼のような宣教師が眉をひそめるような遊興の場所があって、誘惑に負けそうになった男が行こうか、行くまいか思案するので「思案橋」という名ができたという。【女二】

この（思案）橋を渡るとまた小さな橋があって通称、思切橋《おもいきりばし》という。橋畔《きょうはん》に一樹の柳がうえられ、江戸吉原の見返り柳を連想させる。

「はや大門口にいれば、蘭麝《らんじゃ》のかおり鼻につき、綺羅《きら》の袖すり耳を扣《たた》く」と「丸山艶文」にのべられているが、思切橋をわたると、はや遊興の気持は抗《あらが》いがたくなってしまう。

本藤舜太郎は黄昏《たそがれ》に山崎楼の窓から、そうした遊興の気分にうかれている人間たちを見おろすのが好きだった。特にこの頃、浦上の切支丹《キリシタン》たちを奉行所のなかで拷問をかけてまで棄教させる仕事をやっているだけに、酒を飲みながら、この夕暮の色街の風景を見ることで、憂鬱《ゆううつ》な気分をまぎらわせたかった……。【女一】

【歩き方】路面電車の思案橋駅から歩き始める。この界隈は今も、長崎最大の繁華街だ。思案橋跡に当時の名残はないが、そばの案内板で、江戸昭和の昔の様子を知ることが出来る。思案橋からそのまま路地を進むと、思切橋跡へ出る。丸山はもうすぐそこだ。

思切橋はもうないが、
何代目かの見返り柳が立っている＊

「長崎の色街、丸山に入るには今は埋めたてられた
思案橋を渡らねばならなかった」【女一】＊

column

サンタマリアとキク①

キクの祈りがかなった!?

清吉はひとまず最初の危機を乗り越え釈放され、南蛮寺へ訪ねてきた。束の間の幸せにあるキクが、得意気に告げたこと。

キクは嬉しそうにうなずいて、

「毎日、あんお方と話ばしとった」

「話ば？」

と清吉は驚いて、

「どげん話ばしとったとか」

「話ていうよりは……うちはあん女子ば恨んだもんね。清吉さんがあんお方ば拝むけん、辛か目に会うとるとて思うたら、憎らしかったばい。そいけん、そん恨みごとばあんお方に言いつづけとった……ばってんもうよか。こげんごと牢から出してもらえたとやけん」

「なんちゅう罰あたりのことばすっとか」

仰天したように清吉は叫んだ。

「サンタ・マリアさまはな、ジェズス（イエス）さまのお母《か》しゃまたい。そんなお母しゃまに恨みごとば言うたて……とんでもなか話ばい」

「ジェズスさま誰ね。切支丹のもんは唐人の寝言んごとわけのわからん言葉ば使うけんね……」

「ジェズスさまはデウス（神）さまの子たい。そしてジェズスさまのお母しゃまがマリアさまたい」

「そんならそんデウスさまとマリアさまは夫婦もんかね」

清吉は目を白黒させて、

「夫婦？ 夫婦じゃなか。デウス（神）さまに女房のおられる筈《はず》はなかじゃろ」

「阿呆《アポン》ごたる。夫婦じゃのうてなしてそんジェズスていう子の生れたとね」

「マリアさまは生娘《きむすめ》のまま、子ばはらまれたとたい」

キクは仰天し、目を丸くし、そして真赤になった。彼女だって生娘に子供ができるわけはないと知っていた。清吉はまあ、何と馬鹿げた話を信じているのであろう。【女二】

再会にもかかわらず、二人は大げんか……。その頃のキクは、良きにつけ悪しきにつけ、日々の出来事について、マリアさまと話しをする習慣になっていた。

いつものようにキクは聖堂に行き、あの女の像の前にたって他人には言えぬ胸のうちをさらけ出した。

「こいもあいも、みんな、あんたのせいたい。あんたが生娘のまま、子ば生んだて清吉さんは虚言《そらごと》ば言いなさるし。あんたが亭主もちのくせに一生、生娘のままやったて阿呆らしかことば信じとりなさる。そいけん、うちと口争いになったとばい。こいもみんなあんたのせいたいね」

聖母マリアはいつものようにキクをじっと眺めていた。しかしその顔は妹にやりこめられて困り果てている姉のようにみえた。駄々をこねている子供の前で当惑しきった若い母のようにもみえた。

「あんたのせいやけん、元どおりにしてくれんばうちは承知せんけんね。清吉さんとの仲ば引き裂くごたっことばしたら、うち、ほんとに怒るけんね」

キクは指をたてて聖母マリアを威嚇する仕草をした。

「そん代り、もし、清吉さんと添いとげさせてくれたならば……」

そして彼女はうっとりとした表情になり、そんな表情をした自分に気づいて顔を赤くした。

「何でもするけんね。きれいか花も餅もそなえて……うちは切支丹になってもよかよ。切支丹は好かん。ばってん、清吉さんの嫁にしてくるんならば、切支丹になってもよかよ」

前にものべたが、彼女がそんな約束さえした聖母マリア像は今日も長崎の大浦天主堂に残っている。【女二】

その後、再び捕縛された清吉らは、ついに流刑の身となる。
その時、キクは？

清吉さん。早う役人に言うてくれんね。切支丹の信心ば棄てる。そしたら役人もお前さまばたった今船からおろして、陸《おか》に戻してくれるけん、早う、言わんね。早う。早う。

キクは心のなかでそう絶叫しつづけた。もうあの御詠歌のような声を耳にするのは嫌だった。あの声の聞える限りは清吉は皆に圧《お》されて切支丹を捨てられぬのだ。彼女は耳の穴に指を入れてその声を拒もうとした。

（みんな、あん女の悪かと。あん女の）

あの女の顔が彼女のまぶたに浮んだ。サンタ・マリアとよぶあの異人の女。あの女がふしぎな力で清吉をつかんで離さない。清吉の心を迷わし、悪い道に連れていってしまった。

（おぼえとかんね。明日にでも清吉さんば戻さんば、ぜったい仕返しばしてやるけんね）

と彼女はあの女にむかって言った。

（うちはお前なんかに負けんばい）

彼女は立ちあがって聖堂に駆けていった。あの像をこなごなに砕いてやろうという衝動にかられたのである。【女二】

時は経つが、清吉は消息も知れない。

こうして夏が終り秋がきた。大浦の教会のまわりに秋草が咲きみだれた。桔梗、野菊をみると、心の底から馬込郷が恋しいという気持になる。いや、それよりももっと清吉に会いたいという気になる。

「あんたはまこと鬼んごとひどか女たい。うちと清吉さんばこげんごと別れ別れにさせてから……そいの楽しかとね」

とキクは聖堂を掃除する時、聖母マリアの像にむかい毎日、怒りをこめた言葉を投げつけた。怒りや恨み、そして悲しみのやり場のない彼女には、この聖母像にそれを叩きつけるほかは感情の捌《は》け口《ぐち》がなかったのである。

「あんたは鬼ん女たい」

だが鬼の女にしては聖母の像はかなしげにキクを見つめているだけだった。

「もう何もあんたなんかにたのまんよ。自分で清吉さんの居場所ばつきとめてやるたい」

彼女はそうマリアを罵ってみた。【女二】

この章のコラムでは、キクとサンタマリア像の「心の対話」に耳を傾けたい。〈彼女は切支丹ではなかったから聖母への祈りなど毛頭、知らなかったが、この恨みごと、この嗚咽もまた人間の祈りにちがい〉ないからだ。（つづく）

3 丸山
Maruyama

料亭花月は、丸山随一の妓楼・
引田屋の庭園内にあった［上］＊
この提灯が街の目印［下］＊

晦日《みそか》前の丸山は華やかで忙しい。それぞれの楼では餅つきの支度をして男衆《おとこし》を待つ。

やがて広土間においた臼《うす》で景気よく杵の音がはじまると、その音にあわせて遣《やり》手《て》、太夫《たゆう》、幇間《ほうかん》たちがにぎやかに三味太鼓を鳴らし、

祝い　目出たや　若松さまよ

とはやしたてる。

最後の臼の餅はまるめて大黒柱にうちつけるのが長崎の習慣だった。柱餅といって、正月十五日の時、これをあぶって食べるのだ。餅つきが終りかける時、釜《かま》の煤《すす》を誰れかれかまわず顔にぬる遊びもある。こうして人々の笑い声がひとしきりやんだ頃、外では披露目芸者が大きな名札を持った箱屋を従えて各楼に挨拶まわりにやってくる光景が見られる。【女二】

清吉を救いたい一心のキクは、南蛮寺を飛び出し、丸山の山崎楼で働き出す。だがそれは、身を崩す第一歩だった……。

【歩き方】見返り柳を左へ折れ、丸山をぐるっと回ろう。キクが働いた山崎楼は、どの辺りにあったのだろうか？　現在の丸山には花月や、華町跡の碑が立つ。

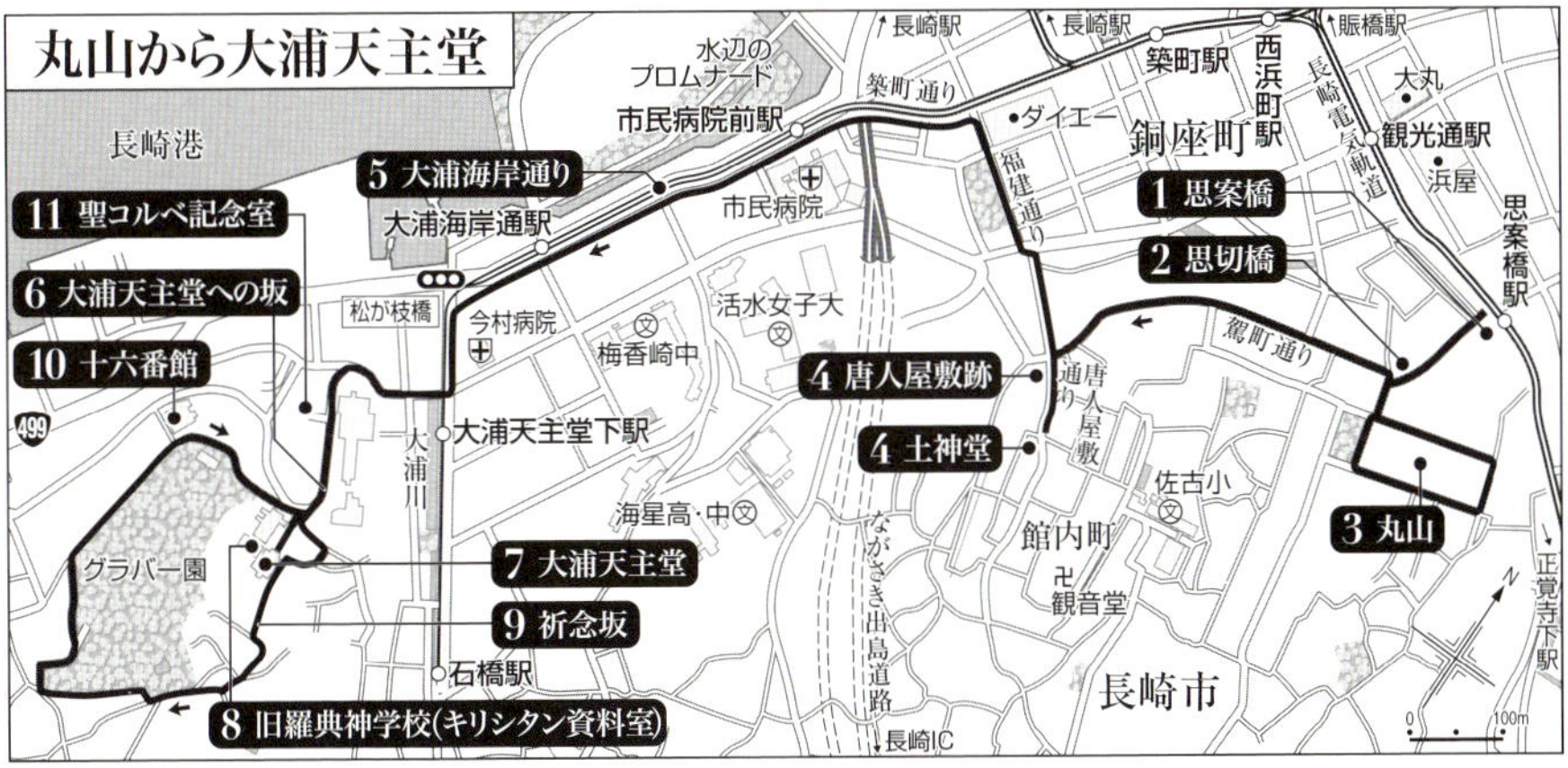

column

あん痛さば知らんやろ

キクは、清吉が流刑先の津和野で半死半生と知る。自分の言うことを聞けば、清吉を楽にさせてやるという、小役人の伊藤の言葉に、牢の清吉を助けるため、キクは哀しい決心をする――。

「そんじゃ……伊藤さまの言いなりに……なります」

そう言い終って彼女は手術台に横たわるようにまぶたを閉じた。（略）

眼をつむったキクのまぶたに、この瞬間、ふたつのイメージが見えた。

ひとつは花嫁になった自分の姿だった。清吉のそばに寄りそって、浦上のあの蓮華《れんげ》の花畠を歩いている幸せな自分だった……。

もうひとつは、うしろ手にくくられ、小箱のような三尺牢に無理矢理おしこまれている清吉の姿だった。口から泡をふいた彼はひくい呻《うめ》き声をたてていた。わずかの陽しかさしこまぬその箱のなかで彼はこの同じ姿勢のままもう何日も坐らされていた。

（清吉さん、しっかりせんね。今、うちが助けるけん）

だが、清吉を助けること――それはこの伊藤清左衛門の言いなりになることだった。伊藤の言いなりになるとは、体をけがすことだった。それは清吉の花嫁になるという夢を生涯、あきらめることでもあった。【女一】

この哀しみを打ち明けられる相手は、キクにはもうあの人しかいない。

そっと誰にも気づかれぬように教会に近づいた。午後の静かさが教会のまわりの畠や農家を支配していた。

あつい扉をそっとおしてなかを覗《のぞ》く。ここもあまりに静かだ。そしてあの女性の像だけがぽつんと孤独に祭壇の横に立っていた。

キクは彼女を哀《かな》しそうに見て呟いた。

「うちばい。うちば憶《おぼ》えとるやろ」

かつてと同じようにキクはそのそばで孤独なひとりごとを言いつづけた。

「あんた、あん清吉さんも憶えとるやろね。清吉さんは今、津和野でむごか毎日ば送っとるとに、あんたは何もしてやらんとね。ばってんうちも同じばい。うちも何もしてやれんと。哀しか。哀しかよ、何もしてやれんもん……」

そこまで言って彼女は唇をかみしめた。

「清吉さんのためうちにできたことは……少しのお金ば作ってやったことだけ。ばってん、そんお金のために……体ばよごさんばいかんやった」

伊藤清左衛門がはじめて自分の上にのしかかってきた時の、あの烈《はげ》しい焼けるような痛みと屈辱とをキクは忘れることはできなかった。

「あんたは……あんたは……あん痛さば知らんやろ。あんたは……男にあげん目に会うたことのなかやろけんねえ」【女一】

4 唐人屋敷跡 土神堂

Site of Tojin Yashiki
Dojindo Shrine

キクが清吉を救うためには、さらに伊藤清左衛門の言うまま、何度も金を作るしかなかった。そして――

翌日、路で出会ったあの男はキクの話をきくと、胸のあたりをボリボリかきながら、

「そいがよか、芸子になればあれやこれやと丸山の仕来《しきたり》で銭のかかることの多かけんな。ばってん唐人さん相手やったらさっぱりしたもんたい」

男はそれ以上、説明しなかったが、この唐人というのは勿論《もちろん》長崎居住の中国人のことで、明治になっても唐人というよびかたがしばらく続いたのである。(略)

約束の日の午後、買物に行くようなふりをして、山崎楼を出ると仲宿をさがした。男は現在も館内町《かんないまち》といわれている場所にある土神堂《どじんどう》という唐寺の前に立っていた。

ここは中国人特有の臭いが至るところに漂っていた。豚肉の臭い、油の臭い、線香の臭い、にんにくの臭い、これらが混じりあって独特の臭気が家にも路にもしみついている。

「おキクさん、ここばい」

男はよれよれの着物で痩《や》せ腕をあげた。

この中国人居住地区はかつて竹矢来や濠《ほり》を周りに作り、大門、二ノ門からの出入りはきびしく監視していたという。だがこの明治のはじまりにはもう、そんな制限はとりはらわれていた。

だが制限はとりはらわれても、一帯の雰囲気はやはり丸山とはまったく違っている。

キクは伊藤がふたたび津和野に戻る前に、少なくとも一両か二両の金を清吉のために作っておいてやりたかった。自分の体がこう弱くなった以上、長くは生きられぬだろうと予感していた。

それだけに――、

それだけに清吉のため最後の力をふりしぼっても愛を尽さねばならなかった。愛を与えねばならなかった。キクはそんな女だった。

今日の相手の中国人は痩身《そうしん》で頬骨の出ている若い商人だったが、しつこくキクの体にさわりたがった。(略)

やはり窓の外に牡丹雪《ぼたんゆき》がふりはじめた。寒さもきびしくなった。それなのに酌をしていても、唐人の歌う唄に調子をあわせている間も、キクは体が熱く気分が悪かった。その熱っぽく赤らんだ彼女の顔をみて、唐人は彼女が酒に酔い上気しているのだろうと誤解し、床入りを急いだ。だるかった。この苦役が早くすめばいいと思った。痩せた唐人の体が彼女の上でたえまなく動いている間、キクは清吉の面影をまぶたに浮べて耐えた。自分が耐えていることより、もっと辛いものに清吉が耐えているのだと思おうとした。そして、もし神というものがあるならば、この自分の辛さのぶんだけ清吉の辛さを減らしてほしいと願った。

その時、彼女の心にふと浮んだのはあの南蛮寺の女のあどけない顔だった。清吉があがめ、信じていたあの聖母のことである。

（うちんことは、いくら苦しめてもよかけん、津和野のあん人ば楽にしてやってくれんね）

彼女は眼をつむったまま心のなかであの女性にそう頼んだ。それは頼みというよりは祈りであった。そして彼女がその祈りを心で言いつづけている間、痩《や》せた男の体はこきざみに動き、あつい息づかいが耳にきこえ、眼の充血した顔が真上にあり、そしてその情欲のほとばしりが彼女の体に烈《はげ》しく流れこんだ。

その瞬間、キクは烈しく咳《せ》きこんだ。咽喉の奥に魚の骨が引っかかったような感覚がしてそれを吐き出そうとした時、生ぐさい液体が口中からあふれでた。

鮮血だった。血は唇からながれ、畳をよごした。

その時、キクは、死の病の縁にいた。

帰らねばならぬ。もう、おかみさんも戻っている時刻だ。そう思ったが鉛で覆われたように体が動かない。薬湯のなかには眠り薬が入っていたのか、そのまま彼女は浅い眠りに入った。

みた夢はいつもと同じ。馬込郷のやわらかな春。雲雀《ひばり》がなき、蓮華《れんげ》の花が覆っているあの野原。ミツやほかの少女たちにまじって遊んでいる自分。清吉もそのなかに加わっていた。そしてキクは清吉を意識するあまり、わざとツンとしたり、彼から遠く離れたりした。と、清吉はとてもとても悲しそうな顔をした。

眼がさめた。暗い孤独な夕暮だった。外には大きな牡丹雪が舞っていた。家々の屋根が真白に変っている。【女一】

【歩き方】見返り柳に戻り、籠町通りを唐人屋敷跡へ向かう。キクが清吉のために哀しい祈りと共に歩いた道だ。唐人屋敷通りへ出たら、交差点付近に碑と当時の絵地図がある。左へ行けば土神堂、この一体がかつての中国人居住区だ。

「江戸時代、唐人たちも出島のオランダ人と同様に
一定区域に押しこめられ、
みだりに区域外に出ることを許されぬ時期があった。
その区域のことを日本人たちは
唐人屋敷とか唐館ともいった」【女一】＊

「朱色もあざやかな土公祠、関帝廟、観音堂などの
建物も珍しかったが、キクには読めぬ
むつかしい漢字の看板をかけ中国の酒菓小物を
売っている小店が軒をならべている」【女一】
土神堂（奥の建物）の周辺は今日も賑やか＊

「暗い海。暗い浜。誰もいない路をキクは大浦に向っていた」【女二】
当時の大浦海岸通り。この道行きのどこかでキクは喀血した
(明治時代の絵ハガキより)

5 大浦海岸通り

Ourakaigan Street

屋敷を出、最後の力を振り絞るキク。

牡丹雪のなかを彼女は丸山に戻ろうとした。そしてどのように弁解をしようかと考えた。いずれはすべてがばれることはわかっていたし、おかみさんも薄々は気づいているのかもしれなかった。

重い心のまま雪のなかを歩く。路《みち》は暗く人の姿は見えない。しかし熱のせいで悪寒が時々、肩から背中に走るほか、頭がひどく熱を持っていた。

また吐き気がした。たちどまって咽喉にたまったものを吐いた。雪が真赤な血でそまった。

その血をじっと見ながら、彼女はもう山崎楼には戻れないと思った。働くことのできぬ女をただで寝かせ、ただで食べさせるほど丸山は甘くはなかった。

馬込の家に戻る。キクの自尊心はそれもゆるせなかった。働くこともできぬ体をみせ婆さまや両親を歎かせるのはあまりに辛いことだった。

(もう自分は長くないだろう)

彼女はその時、自分の生命の短いのを確実なものとして感じた。そして自分が今、行く場所はたった一つ——清吉の姿を偲《しの》ぶことのできるあの大浦の南蛮寺しかないと思った。

なぜなら清吉はあの南蛮寺ほど自分に大事な所はないといつも言っていたからだ。そして更に彼はあの女性を崇《あが》めていたからだ。

暗い海。暗い浜。誰もいない路をキクは大浦に向っていた。

霏々《ひひ》として雪は舞う。海は暗紫色をおび、浜にそった路は既に白く変り、傘をもたぬキクの髪と肩とに無数の雪片がかすめ、ふれた。

ふしぎに苦しくなかった。なぜか知らぬが、大浦の南蛮寺までたどりつけば清吉に会えるような希望が最後の力を与えていた。【女二】

【歩き方】 土神堂から唐人屋敷通りを戻ると、福建通りに出る。更に築町通りを左折。大浦海岸通りを南蛮寺めざし歩く。

6 大浦天主堂への坂
Slope to Oura Cathedral

それでもキクは歩く、思い出の場所へ。


　肩で息をして、時折たちどまり、たちどまるたびに咳きこみ、坂路をのぼった。既に雪に覆われはじめた坂路は歩きづらかった。下駄をぬいで彼女は素足になった。

　坂の頂にたどりついた時、力つきたような感じがした。烈しく咳をして彼女は寺の土塀にもたれ、息を整えた。彼女がその時、もたれた土塀は今はもう東急ホテルの一角に変っている。しかしその寺はありし日の面影を半ば残している。

　雪の白いヴェールを通して南蛮寺は眼前にあった。そのヴェールのなかに立ちながらキクはその寺のなかで清吉が今自分を待ってくれているような幻想を持ちはじめていた。春の浦上。遊んでいる少女。幸せだったあれらの日の思い出。初夏の朝、物売る清吉のすがすがしい声、そしてこの寺で彼としばらく話しあったささやかな思い出。

　それらすべてが頭のなかを走馬燈《そうまとう》のように動いていった。【女二】

　天主堂への坂を祈りと共に歩いたのは、「女の一生」二部のサチ子も同じだった。

「あのキクや伊藤清左衛門やコルベ神父がいろいろな思いで登り下りした坂路だった」【女二】＊

　十二月がはじまったばかりの朝早く、サチ子は大浦の教会のミサに行った。平日のミサだが、しかし、二十人ほどの信者が跪《ひざまず》いていて、なかに黒い学生服を着た修平が祭壇の方をむいていた。ミサのあと、彼は長崎駅から佐世保の海兵団に入団することになっていたのだった。（略）

　サチ子はマリアの像に体を向け、

（修平さんが生きて戻れるとなら、わたくしはどげんなってもかまいません）

　心のなかで何度も何度も言いつづけた。

（略）

　幼い時からこの坂を何度、往復したことだろう。ゼノさんやコルベ神父に出会ったのもここだった。桜の花びらが風に舞っている復活祭の日に、初聖体を受けに行ったのもここだった。クリスマスの夜のミサに、家族と白い息をはきながら、のぼったのもここだった。

　道のどこにも修平との長年の思い出がこびりついている。

　海をみながらサチ子は、自分と修平との間に無理矢理につくられた深淵《しんえん》をこれから何によって埋めようかと考えた。祈ること、修平のために祈ること、それだけではどうにもならない。修平が苛酷な訓練を受けているのだから、それと同じような苦しみを、自分も味わいたかった。

【女二】

7 大浦天主堂

Oura Cathedral

8 旧羅典神学校（キリシタン資料室）

Old Latin Seminary

「プチジャンの指さしたもの（マリア像）に女も他の男女も眼をむけた。しばらく沈黙が続いて、『可愛か……』さきほどの女性が吐息とも溜息ともつかぬ声をだした。と、他の男女も同じように溜息をついた」【女二】

話は、大浦天主堂の創建時まで戻る。

キクやミツがはじめて訪れた頃の大浦の風景は今とはかなり違っていた。

現在の大浦天主堂のあたりを歩くと、古い木造の洋館が廃屋のように点々と残っている。それらは勿論、明治以後のもので、当時あのあたりも段々畠のなかに寺と何軒かの家と、そして建ちかかった南蛮寺の塔と教会とがみえるほかは山と言ってよかったのである。【女一】

さて、美しい聖母像によってもたらされる「信徒発見」とはどんなだったか?

かすかな物音がする。今度はふり向きもせず知らぬ顔で跪いていた。そのほうが日本人たちにゆっくり祭壇やイエスや聖母の像を見物させてやることができる、と思ったからだ。


果せるかな、少し調子にのって、二歩、三歩、前進する足音が背後で聞える。そこで彼等が立ちどまり、日本人特有の好奇心にみちた眼つきで祭壇を見ているのがプチジャンにはよくわかった。（略）

その時、

「異人さま……。うちらはみな……異人さまと同じ心にござります」

女の声だった。中年の女の声だった。

女がすぐ背後で重大な秘密をうちあける

旧羅典神学校の入り口は建物の裏側。
貴重なキリシタン資料室となっている＊

天主堂の庭には、プチジャン神父の像が立つ。
その他「信徒発見」のレリーフなども置かれている＊

ように、小さくささやいた。

「異人さま。うちらはみな……異人さまと同じ心にござります」

プチジャンは夢からさめたように現実に引き戻されて、眼を大きく見ひらいてうしろをふり向いた。

女の年の頃は四十か、それ以上かもしれぬ。日本の女の年齢を言いあてるのは仏蘭西《フランス》人の彼にはむつかしかった。彼女は緊張のあまり、半泣きのような表情をしていた。

「うちらはみな……異人さまと同じ心にござります」

その言葉の意味さえわからぬほど彼は茫然《ぼうぜん》としていた。そしてその意味が摑《つか》めた瞬間、彼は太い棒で頭を撲《なぐ》られたような衝撃をうけた。

「彼等」なのだ。「彼等」が今、遂にあらわれたのだ。女はたずねた。

「異人さま。サンタ・マリアさまの御像は、どこ」

プチジャンは立ちあがろうとしたが立ちあがれなかった。あまりの烈しい感動に彼は身動きをすることさえできず、

「サンタ・マリアの……像……」彼は呻《うめ》くように言った。

「来なされ」（略）

女をプチジャンは祭壇の右側にある聖母像の下に連れて行った。冠をかぶり、幼いイエスを抱いた若い聖母の像がそこに微笑《ほほえ》みながら立っていた（この像は今日でも大浦天主堂にそのまま置かれている）。【女二】

一方、羅典神学校は、プチジャン神父が計画し、ド・ロ神父が設計した。我が国最初の木骨煉瓦造り。一八七五年完成。

現在は、かくれ切支丹たちが秘蔵したマリア観音、納戸神、オラショ、ディシピリナ（苦行鞭）、爺役の杖などが並ぶ資料館となっている。たとえば爺役とは、こんな存在だった。


「で、その六年間どうしたのです。洗礼やそのほかの秘蹟《ひせき》を」ガルペはそう訊《たず》ねました。モキチたちが答えた話の内容ほど我々の心を動かしたものはありません。（略）司祭も修道士もなく、役人たちの迫害に苦しみながら、彼等はしかしひそかにみえざる秘密の組織《コルディア》をつくっていたのです。

たとえばその組織はトモギ村では次のようなものでした。信徒たちの中から一人の長老がえらばれて司祭のかわりを代行するのです。私はモキチに教わったそのままをここに書きましょう。

昨日、砂浜で出会った老人は「じいさま」とよばれて、一同の最高の地位を占め、身を清らかに保っているので部落で新しい子供が生れると洗礼を授けます。じいさまの下には「とっさま」という連中がいて、ひそかに祈りと教えとを信徒たちに語りつたえるのです。そして「み弟子」といわれる部落民は消えようとする信仰の火を必死でともし続けているのです。【沈】

【歩き方】坂を上れば、大浦天主堂。旧神学校も天主堂の敷地内右手にある。今は資料館で、踏絵、禁制の高札（伴天連の訴人、銀五百枚）などが陳列されている。お土産コーナーも充実している。
開場・8～18時　休・なし　料金・大人300円　中高生250円　小学生200円（旧羅典神学校も含む）電話・095・823・2628

作家は長崎に来ると、
この祈念坂の石段に
ぺたりと座って、ぼうっとするのが
好きだったという

9 祈念坂

Kinenzaka

遠藤周作のお気に入りの場所の一つが、ここ祈念坂だった。

私は教会の左側にそった坂道をのぼった。そこには人影がなかったからにすぎない。大きな楠があり、石段は少し急だったが、あたりは、静寂で、さっきの喧騒が嘘のようだった。

ふりかえると、そこから港と船と湾とが一望できた。私は石段に腰をおろし、そこから湾を眺めた。

この大浦天主堂の左の坂道はその後、長崎に行くたびに私の欠かすことのできぬ散歩道となった。朝、早くここを歩き、夕暮、ここを歩き、いつもそこは静寂で誰からも邪魔されることなく、長崎湾をみることができた。【切】

10 十六番館

Jurokubankan

十六番館はいかにも明治時代の木造西洋館という建物だった。そしてこのあたりにはむかしの神戸や横浜と同じようにペンキ塗りのそうした洋館や、少し黒ずんだ赤煉瓦の建物がいくつも残っているらしかった。（略）

ふと、出口にちかい一室で、何か黒い四角いものが硝子ケースのなかに置かれているのが眼にとまった。踏絵である。ピエタ——つまり十字架からおろされた基督の体を膝にだきかかえるようにした歎きの聖母像を銅板にして、それを木のなかにはめこんだ踏絵である。（略）

私がその頃、考えていたことは誰もが考えるようなことにすぎなかった。第一に、あの黒い足指の痕を踏絵を囲む板に残した人たちはどういう人たちなのかと言うこと。第二にこれらの人はその足で自分の信ずるものの顔を踏んだ時、どういう心情だったのかと言うことだった。

この二つの疑問はそれをその後、噛みしめているうちに次第に私には切実なものになりはじめた。なぜならば、それは強者と弱者、——つまりいかなる拷問や死の恐怖をもはねかえして踏絵を決して踏まなかった強い人と、肉体の弱さに負けてそれを踏んでしまった弱虫とを対比することだったからである。【切】

【歩き方】天主堂左手の祈念坂を上る。南山手レストハウス脇を通り、垂直エレベーターでグラバー園の第2ゲート前へ。その後グラバー園の周囲を時計回りに進み、園出口の向かいが十六番館である。現在、建物は残っているが、館自体は残念乍ら閉めてしまった。

十六番館で、問題の踏絵を眺める遠藤周作［左上］

［写真提供・文藝春秋］

column
サンタマリアとキク②

海岸通りで喀血し、いまわの際と、自ら悟ったキク。一目会いたいサンタマリア像は、もう目の前だ……。

よろめきながら南蛮寺の石段をのぼった。そして真白な人形のような姿のまま、扉を押して内陣に入った。

祭壇に聖体の安置をしめす種油の火が小さく燃えていた。かつてここで働いていた時、その火の途絶えぬよう種油を入れるのは彼女の仕事でもあった。

彼女はあの女性の像の下に倒れるように坐って咳きこんだ。咳きこんだ時、また少し血が口にあてた手をよごした。そして聖母の像は咳きこむキクを大きな眼で見ていた。

（やっぱし、ここに来てしもうたよ。清吉さんのことば話す相手はあんたしかおらんもん）

咳きこみながら彼女は聖母にそう訴えた。

（うちはあんたば好かんやった。清吉さんがうちよりもあんたのほうば大切に思うとったけんね。うちは清吉さんの心ばこっちに向けようて焼餅ばやいたこともあるとばい）

そして彼女は烈しく咳をした。

（もうだめんごとある。うちは負けてしもうた。あんたと違うてこん体はよごれによごれきっとるけんね）

訴えながらキクの眼から泪《なみだ》がながれ出た。伊藤に犯されたあの日に流したと同じ泪がながれた。

（もう……うちは清吉さんには近づかれんよ。ばってん、うちはほんとに清吉さんば好いとった）

彼女は血を吐き、うつ伏した。内陣は静寂で、雪は外に音もなく舞っていた。咳の音が終ると彼女の体は動かなくなった。

この時聖母の大きな眼にキクと同じように白い泪がいっぱいにあふれた。あふれた泪は頬を伝わりその衣をぬらした。彼女はうつ伏して動かなくなったキクのために、一人の男を愛して愛しぬいたこの女のために、おのれの体をよごしてまでも恋人に尽しきったキクのために今、泣いていた。

（うちは……ほんとに清吉さんば好いとった）

キクのその叫びを聖母は、はっきりと聞いた。聖母像は大きな眼に泪をためたまま、強く強くうなずいた。

（ばってん、あんたと違うて、うちん体はよごれによごれきってしもうた……）

悲しみと辛さとをこめたキクの訴えには聖母は泣きながら烈しく首をふった。

（いいえ。あなたは少しもよごれていません。なぜならあなたが他の男たちに体を与えたとしても……それは一人の人のためだったのですもの。その時のあなたの悲しみと、辛さとが……すべてを清らかにしたのです。あなたは少しもよごれていません。あなたはわたくしの子と同じように愛のためにこの世に生きたのですもの）

うつ伏したキクの体はもう力

尽きて身じろぎもしなかった。

（今夜の雪は一晩中、ふるでしょう。よごれたもの、けがれたものを、あのたくさんの雪が白く浄《きよ》めるでしょう。やがてこの長崎の街は純白の世界になるでしょう。人間のよごれ、けがれ、苦しみ、罪がすべてその純白の雪の世界のなかにかくれるように、あなたの愛があなたにさわった男のよごれを消した筈《はず》です）

そして聖母はキクを促した。

（いらっしゃい、安心して。わたくしと一緒に……）

すべてが静寂なまま時間がながれた。教会の外では相変らず霏々として雪はふりつづいていた。【女二】

時は過ぎ、戦争で何もかもを失ったサチ子もまた、聖母へ祈る……。今のサチ子にできるのは、祈ることだけなのだ。

毎朝、サチ子は家族の寝ている時刻にそっと起きて大浦の教会のミサに行く。父親も母親もなぜ彼女がそんなことをするのか、蔭《かげ》ながら事情を知っている。

（略）

修平が戦死して、もう四カ月になる。

平日の早朝ミサは出席する人数もまばらで静かだった。サチ子はいつも右側の席に腰をおろす。あの聖母マリアの像が正面に見える席である。

ゆれる蠟燭《ろうそく》の炎が、うつむいている司祭の影を壁につくっている。年とった修道女がくるしそうな咳《せき》をしている。

「教えてください」

彼女は真向いの聖母像に話しかける。ながい間、多くの女が――そしてあのキクもまた、この同じ場所で、それぞれ女の歎かいを訴えたのだ……。

「なして修ちゃんは死んだとですか。あん人がこげんことになったわけの今でもうちにはわからんとです。なして、修ちゃんは遠くに行ってしもうたとですか、教えてください」

聖母はだまったままサチ子を見つめている。

「あん日から、生きる力もあまりなかとです。父さんや母さんば心配させたらいかんけん、何もなかごと、あかるうしておりますばってん……本当は早う修ちゃんのおる世界に行きたか……」

眼をつむってサチ子は怺《こら》える。眼に祭壇の炎がぼやけてみえる。そして耳の奥で修平が「旅への誘い」をよんでくれたあの嬉しそうな声がまたきこえてくる。

思いみよ　かの国を
二人して住む　楽しさ
かしこにて　のどかに愛し
愛して死なん……

ミサが終る。彼女は修道女たちと外に出て、さっき涙ぐんだ表情を必死でかくし、笑顔で挨拶し、病気の伯母に声をかけにいく……。【女二】

だが、サチ子と修平にも美しい過去、美しい旅があった(106頁)。

11 聖コルベ記念室

Fr. Kolbe's Fireplace

コルベ神父の最初の印刷所は、天主堂への坂の途中にあった。

ミサの帰りに天主堂から雨森病院のあった坂路《さかみち》をおりる。この路を歩くのがサチ子は好きだった。（略）

だがその雨森病院もサチ子が三、四歳の時は新町のほうに引越し、そこに異人の神父と修道士たち数人が印刷所を作って働いていた。

この異人のなかにサチ子が童謡を教えた修道士のゼノもまじっていた。また丸い眼鏡をかけた疲れたような顔をしたあの人も加わっていた。（略）

正直いってサチ子は陽気なゼノ修道士のほうが、あの人よりも好きだった。あの人はやさしそうだが、どこか哀しげだった。（略）

コルベ神父はある日曜日、窓からサチ子をよびとめて、

「サチ子さん、これ、あげます」

遠藤の願いが聞き入れられ、聖コルベ記念室が建った。赤煉瓦の暖炉などが、当時のまま残されている＊

と言い、カトリック信者が御絵《ごえ》とよんでいる本のしおりのようなものをくれた。御絵にはたいてい名画のイエスやマリアの絵が印刷されて、その下に聖書の言葉が書かれているのが普通だった。

コルベ神父が彼女にくれた御絵にも、十字架からおろされたイエスの遺体を苦しみの眼で見つめている聖母の姿と、日本語の聖句とが印刷されていた。その聖句は、

「人、その友のために死す。これより大いなる愛はなし」

という言葉だった。【女二】

その友のために死す――、この言葉ほどキクにふさわしいものはない。

【歩き方】十六番館前より坂を下ると、再び天主堂前に出るのでぶらぶら下ると、すぐ左手に。八一年、遠藤は雑草が茂るのみのこの地を訪れ、野外に放置されたままの暖炉を見て修道士の一人に訴えた。「大浦天主堂には修学旅行の学生がたくさん来ますね。百人いたとしたら九十八人は他のことを考えても、一人か二人の学生はコルベ神父の話を聞いて感動するかもしれない。何とか（暖炉を）保存して見学のコースにしてほしい」と。開場・9・17時半　休・なし　料金・志納　電話・095・821・8081

「女の一生」もう一つ別の舞台へ［大籠町］

ゼンチョ谷（善長谷教会）

Zenchodani Church

かくれ切支丹たちの試練の日々は終わった――。禁教が解かれ帰郷した清吉は、今は亡きキクの従妹ミツと再会する。

「おキクさんの家の人の馬込郷に埋めました。ばってん、うちら夫婦がそん髪だけをもらい受けて、こっそり別の場所に小さか墓ば作っときました。あんたが津和野から戻ったら行かるっごとて考えたとですたい」

「どこにあるとですか、そん墓は」

「ゼンチョ谷」（略）

翌週の日曜日、大浦から二里半の深堀《ふかほり》町《まち》から大籠《おおごもり》の城山にのぼる三人の男女があった。清吉と熊蔵、ミツの夫婦だった。

「こん大籠にも切支丹信徒のかくれとったけん、そん人たちがおキクさんの墓ば時々は供養してくるって思うてな」

と熊蔵は清吉に教えた。

急な山路をのぼると、そこから眼下に錫《すず》のような海がみえた。長崎湾の沖になる海は針をまきちらしたようにキラキラと光っていた。

（あん日、こん海ばわたって俺どんは津和野に送られた）

と清吉は苦しかった日のことを心のなかで嚙《か》みしめたが、この思い出は熊蔵を傷つけないために黙っていた。その熊蔵は立ちどまって右手をあげ、

「そこたい」

楠《くすのき》の大木が大きな影を落し、根元に石の十字架がみえた。熊蔵が石を鑿《のみ》で削って作ったものだった。鳥が鋭い声を出して楠のなかで鳴いている。

「あいがおキクさんの墓ばい」（略）

三人は合掌し、オラショを唱え、そして汗をしたって近よってくる羽虫を手で追いはらった。【女二】

教会からは今もキラキラ光る海が見下ろせる。楠の大木もそのままだ＊

普段は取材のことなど喋らない遠藤だが、この善長谷教会を初めて訪れた後だけは別だった。長崎で贔屓にしていたとら寿しに来るなり、「今日はおいしいものを見てきたよ。君も一度行ってみたまえ」と、終始ニコニコ顔だったという。「女の一生」一部の大詰めシーンにふさわしい場所が見つかり余程嬉しかったのでしょう、と御主人の大竹さんは語る。

【歩き方】長崎駅より平山台団地行バスで終点まで三十分強。降りると、右・大籠の案内板有り。道なりに二十分ほど歩き、コミュニティバス大籠公民館前バス停が見えたら、右の山道を更に二十分ほど上っていく（時間があれば、平山台団地より長崎コミュニティバス晴海台団地行に乗継ぎ大籠公民館前まで行かれる）。森の中のくねった山道である。途中右手彼方に教会が見える。車も可能。開場・8‐17時 電話・095・871・3459（深堀教会）

「女の一生」の舞台を歩く
その3

雲仙・島原

あたかも殉教のなきがごとく

1.雲仙地獄
2.今村刑場跡
3.島原半島殉教者記念聖堂
4.島原城
5.日之枝城跡
6.有馬のセミナリヨ跡
7.原城跡
8.玉峯寺
9.白浜のキリシタン墓碑
10.口之津からの帰り

【所要時間】全11時間のコース。

辿るに際しては、雲仙ないし島原に泊まり翌日回るか、長崎を早朝に出、小浜辺りに泊まるのが良いだろう。

口之津は島原半島における
キリスト教布教の中心地だった。
1562年、当時の領主・
有馬義貞（晴信の父）が口之津港を
ポルトガル船の貿易港として開港し、
翌年、教会堂が建てられた。
1576年には義貞が、
妻子、従臣らと共に、この地で受洗。
口之津のほぼ全村民が
切支丹となったのだが……。
そんな歴史を知ってか知らずか、
今はのんびりフェリーが走る

修平は自分の好きだった詩や小説の一節をサチ子に読んできかせた。

あたかも戦のなきがごとく
陽をあび　風とたわむれん
あたかも戦のなきがごとく
詩をよみ　文を味わわん（略）

修平はむかしと同じように、自分の創《つく》った詩にすっかり陶酔して、

「サッちゃん、俺《おい》どんも陽ばあび、風とたわむれにハイキングばせんか」

「どこに」

「バスにのって行けるところまで行こう。日がえりで」

「はい」

「そんかわり、戦争なんか無視しよう。あげんもんのなかごと振舞おう。俺には入営なんかなかぞ。――そげん気分で楽しもう」【女二】

これから回る美しい半島が、切支丹最大の殉教地巡りの舞台とは、今ではとても信じられない。何もなきがごとく、山は緑溢れ、海は輝いている。修平とサチ子が、青春を燃やした浜辺も昔のままだ。

一六二七年に始まった雲仙地獄での拷問は
A・モンタヌスの著書『日本誌』（一六六九）に紹介され、
ヨーロッパ各国で、その残虐非道ぶりが
悪名をはせることとなった
［日本二十六聖人記念館蔵］

1 雲仙地獄

Site of Martyrdom in Unzen Jigoku

雲仙の地獄谷は言うまでもなく、硫黄ガスの匂いのなかに白濁した熱湯が吹き出る有名な場所で、今日、見物人たちがあとをたたぬ。しかしこの地獄谷こそは、また切支丹信徒たちが教えに殉ずるべきか否かの苛酷な試練に遭わされた場所なのである。

当時の領主、松倉重政は、寛永四年から八年にかけて切支丹の男女の別なく手の指を切り、その背中をたち割ってその中に熱湯をそそぎ、あるいは全身を入れるという酷刑をあえて行った。しかし、いくら責められても彼等の信仰は一向に消えず、かえって勇ましい殉教をとげるのだった。寛永五年、六年には多い時は六、七十人の者が一挙にここで熱湯の中に入れられるという状態だった。

地獄谷の煙のなかに、十字架がたっている。それに注意する人はあまりないが、その十字架の前にたって、日本切支丹の強い信仰や、その原因をここで考えてみることは是非、必要であろう。【切】

【歩き方】長崎空港または長崎駅から急行バスで二時間弱。小浜からは急な登り道となる。札の原付近で右手に雲仙キリシタン殉教道の案内板が見える。みんなこの道を歩いたのだ。

キリシタン殉教の碑は、お糸地獄の少し先に立つ。島鉄雲仙営業所前バス停より、富貴屋または九州ホテルの横の道を上り五分程度。地獄巡りをして約三十分。歩いているだけで汗ばむ所だ。

かつて切支丹が
熱湯拷問をうけた雲仙地獄は、
今も霧と蒸気につつまれた、
不気味な空間だ。
大十字架のそばには、
「聖火燃ゆ」の碑が置かれている
[撮影・野中昭夫]

2 今村刑場跡

Site of Martyrdom in Imamura Execution Place

今村刑場はペトロ・パウロ・ナウアロ神父が火刑に処せられた場所である。

（略）

一六二二年十一月、神父はロザリオを首にかけ修道服を着用、共に捕えられた日本人伝道士のディオニジ福島、ペトロ鬼塚三太夫、クレメント久右衛門三人と連禱を歌いながらこの処刑場に入ってきたのである。

矢来の外には見物人たちがひしめきあっていた。当時の今村刑場は西坂刑場と同じく海にかこまれた岬だった。

彼等が刑場にたてられた四本の柱に縛りつけられると、ナウアロ神父は人々に向ってこの時、最後の説教をしたと言う。

やがて領主、松倉重政が到着すると薪に火がつけられた。重政は神父たちを苦しめずにすぐ死なせたいという配慮から、薪を近く火の勢いも強くするように命じたので、忽ちにして火煙は四人を包み、その煙のなかから、彼等が基督とマリアの御名を唱える声が聞えた。

遺骸は三日、ここにさらされた後、灰にして海に棄てられた。

「この刑場ではナウアロ神父につづいて一六三三年、寛永十年、アントニオ・ジャノネ神父が殉教している。明暦年間に大村で発覚した切支丹信徒のうち五十六人がここで処刑されている」【切】

私は刑場跡の松林のなかで一人だった。あたりはもう薄暗くさえなって、少し気味が悪かった。地面には丸く石を並べた跡がある。それが何の跡か、判別しない。一羽の鳥が枝にとまって、さっきから嗄れた声をあげている。【切】

【歩き方】雲仙からバスで約四十五分、島原港バス停下車。港を背に白土湖通りを進む。南栄町バス停のある交差点を左、清冽な水の流れが聞こえる。第二中学校に突き当たったら右、すぐ右、通りに出てまた右、少し歩いた右側。徒歩三十分。こんもりした林の中に、古い供養塔が立つ。

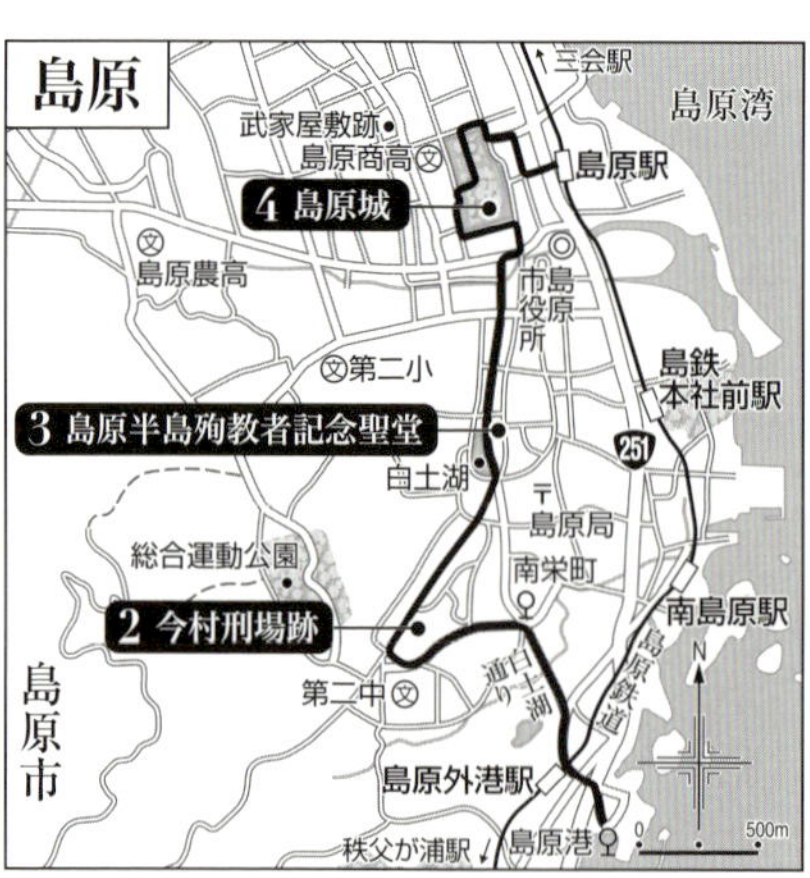

3 島原半島殉教者記念聖堂

Memorial Church for Shimabara Peninsula Martyrs

加津佐、口ノ津から島原をつなぐ海岸線を廻るたび、いつも余りに美しいこの山河に流れたおびただしい切支丹の血のことを考えざるをえぬ。そして今は悲しいほど荒《さ》びれたその海岸線の部落や町の一つ一つには信念を貫いた殉教者と、肉体的な恐怖に自分を棄てた転び者の人生があるのだ。【切】

島原半島の殉教者に献げた記念聖堂として、二十六聖人の殉教四百年、島原の乱から三百六十年に当たる節目の年に建設された。聖堂は、山上の垂訓にちなんだ八角形の円屋根をしている。

堂内には板踏み絵や、一六二〇年に島原半島の信者代表が教皇に書き送った感謝と決意の手紙(複製)などが掲げられており、半島の殉教の歴史を今に伝える。島原の信仰の歴史を綴った八枚のステンドグラス(カバー裏にも)は見事だ。

【歩き方】刑場跡より真っ直ぐ進むと白土湖。途中の道には、古い石垣が残る。湖にかかる橋を渡ると教会のドームが見えてくる。徒歩十五分。

開場・8-18時　休・なし　電話・0957-62-2952

「島原半島に宿り、成長したみことば
（アルメイダとヴァリニアーノの使命）」

証の山に登る雲仙の殉教者

五層の天守閣が今もあたりを睥睨するかのようだ。この島原城を築くための苛酷な課役が、島原の乱の遠因のひとつになったといわれる ［撮影・野中昭夫］

4 島原城
Shimabara Castle

切支丹と縁浅からぬ城跡巡りの最初は島原城である。ここは例の「地獄責め」を行なった藩主・松倉重政が、旧主・有馬氏の拠った日野枝城（日之枝とも書く）と原城を壊し、一六一八年から七年がかりで新築、島原藩四万石には分不相応といわれた立派なお城。島原の乱は、島原半島南部と天草諸島の切支丹農民たちが、原城跡にたてこもり、時の幕藩権力に徹底抗戦した史上稀れにみる大一揆だ。

基督教弾圧に抗する信徒の反乱とみるか、それとも一種の経済闘争とみるか、人によってちがうが、肝心の教会側の学者にはこれを宗教戦争とみず、領主、代官の重税と苛政にたいする農民一揆と考えている人が多いようである。【切】

今は天守閣が復元され、市街地にその威容を誇っている。城内は資料館で、展示の目玉がキリシタン関係の遺物とは、

浦口から上った日之枝城本丸跡。発掘中だが、人影はなかった。右端が空濠。城跡に至る山道には「マムシ注意」の看板あり

歴史の皮肉としか言いようがない。

【歩き方】聖堂より直進すると島原城が見えてくる。突き当たり右、すぐ左だ。また町内には、足湯や鯉の泳ぐ水路もある。時間があれば寄ってみよう。飲める温泉や湧き水もある。徒歩二十分。城内では最上階の展望室からの眺望が素晴らしい。平成新山も見える。菖蒲園脇より出れば、島原駅までは五分。島原駅からは、口之津駅前行きのバスないし、島原鉄道。両方合わせれば一時間に一本程度はある。

開場・9・17時　休・年末年始　料金・大人520円　小人260円　電話・0957・62・4766

5 日之枝城跡

Site of Hinoe Castle

次いで、北有馬には有馬氏の居城だった日野枝（日之枝）城跡がある。

当時の日之枝城は教会や病院を城下町にもち、セミナリオからはオルガンやクラヴサンの音がながれ、油絵を描く少年の姿も見られ、文字通り、文化の中心地だったのである。（略）

だが今日、その日之枝城の跡にはそうした面影をとどめる何も残っていない。

私がこの城跡をたずねるのは今度で三度目だが、原城のように急速に役人たちの手で俗悪化されてもいないし、訪れる人の人影を一度も見たことはない。有難いことである。

戦国時代の山城は実際どんなものだったか私には今でもよくわからないのだが、この日之枝城については、幸いにもそこを訪問したあるスペイン商人の記録が残っていて、私はそれを読み大体、想像することができた。

「この王国で私が初めて見た珍しい家は一五九五年、有馬の家の殿の城中でであった。この家は城の中にあって殿の住居であった。私たちは地面から四パルモ（一パルモは二十一センチメートル）高い廊下へはいったがそれは幅八パルモの板張りの廊下でここで靴をぬぎ、それから広間に入ったが広間の長さは二十バーラ（一バーラは八十四センチ）、幅十バーラであった。この広間の床はえんじ色のびろうどの縁をつけた畳がしきつめてあった。天井は白い檜で何の飾りもなく紙のすべり戸（襖《ふすま》のことならん）には金色やひどく薄い青色を使って何千という薔薇の花やまるで本物のような遠景や山。（略）すばらしい魅力と悦びを与えてくれた。

この広間の戸をあけてくれたが、襖の数は二十枚で一方に十枚、片方に十枚あった。そして眼の前の襖を開くと今の広間よりも更に美しい次の広間が現われ、そこから殿の子息が出てこられた。これはミゲルと呼んで七歳か八歳ぐらいの可愛らしい少年だった（この少年は晴信の子直純なり）。（略）

広間から海がみえた。広間の右側には更に別の広間があって、これは庭に面していた。これは四十バーラ平方ぐらいで、小さいながらまことに優美、実に風情のある小さな木々が沢山あり、まだ三月なのに木々には花をつけているものもあった。池には幾羽の鴨が泳ぎ、手もとにやってくるほど馴れていた。」（岩波版、大航海時代叢書、アビラ・ヒロン『日本王国記』会田由氏訳）【理】

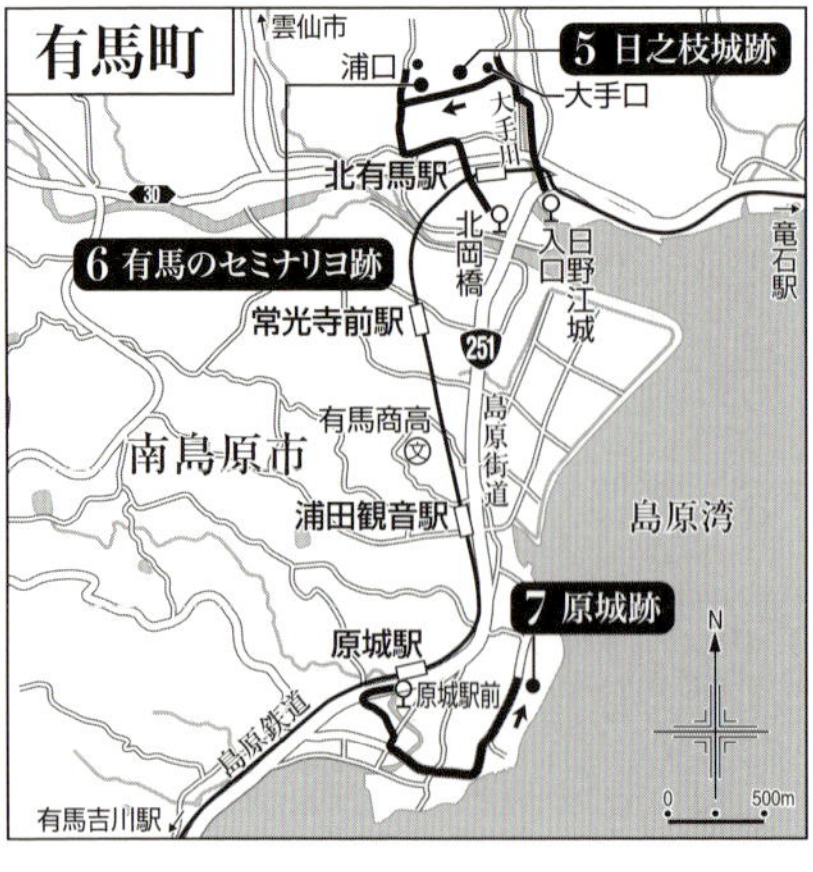

【歩き方】島原駅より一時間弱。日野江城入口バス停下車。島原鉄道なら北有馬下車。バス停の目の前に案内板、城跡へ一kmとあり。川沿いに進む。踏切を越え、突き当たり左（表示あり）、橋を越え右、しばらく行くと大手口だ。徒歩二十分。急な坂道を上る。今や残るのは石垣のみ。草生い茂る城跡だ。

本丸跡へは反対側の浦口から上らなければならない。セミナリヨ跡の次に回ろう。本丸跡は今も発掘中で、金箔の瓦など出土している。空濠もきれいに残る。背後に見える雲仙の山並みは昔と変わらない。

大手口から上った城跡に残るは、石垣のみ＊

6 有馬のセミナリヨ跡
Site of Arima Seminary

一五八〇年に領主・有馬晴信が受洗して切支丹大名となり、この城下にイエズス会のセミナリヨ（小学校）が建てられた。天正の遣欧使節となった四人の少年はみな有馬のセミナリヨ出身だ。

天正八年、ちょうど国東半島で田北紹鉄が田原親貫に同調して反乱を起した年、ヴァリニャーノ神父の構想した有馬神学校が開校した。（略）

最初の入学生は十歳から十二、三歳の少年たち、青い着物がその制服で、仏僧と同じように剃髪《ていはつ》をしていた。

彼等の寮は半畳ごとに小さな机で仕切られ、その小さな空間に寝ることになっていた。

日課は実にきびしく規則正しかった。

（一） 午前四時半、起床。起床後、司祭たちと朝の祈り（冬季は五時半起床、以下の日課は一時間ずつずれる）
（二） 五時〜六時、ミサ聖祭、祈り
（三） 六時〜七時半、学習、幼年者はラテン語単語の暗記

有馬セミナリヨはこんな建物だった（「グレコリオ13世伝」より）［筑波大学附属図書館蔵］

「娯楽は祝祭日に散歩と、有馬を流れる川や有明海で泳ぐことも許され、おやつと餅か果物がもらえた」【王】
今は民家が立ち並ぶ＊

（四） 七時半〜九時、ラテン語学習
（五） 九時〜十一時、食事、休み時間
（六） 十一時〜午後二時、日本語学習、習字
（七） 二時〜三時、休憩、ただし音楽の才能のある者は歌、楽器などの練習、他の者は休憩
（八） 三時〜四時半、ラテン語学習
（九） 五時〜七時、夕食、休息
（十） 七時〜八時、ラテン語復習
（十一） 九時、一日の反省と祈り（略）

食事は平日は日本人向きに一汁一菜（魚）だが日曜と祝祭日には一皿まし、果物などのデザートも食べられた。食事中、修道士がラテン語と日本語で何かを朗読し、それを生徒は食事しながら聞いた（西欧修道院の習慣をとり入れたものである）。【王】

【歩き方】 大手口へ戻り、城跡（丘）に沿ってすぐ右折。道なりに真っ直ぐ。突き当たり右。通りに出たら有馬のセミナリヨ跡案内板あり、右折し少し上った右が跡。徒歩十分。

更に進むと今度は城跡の浦口に出る。本丸跡へは五百mの上り道。原城跡や島原湾への眺望は素晴らしい。徒歩十分。

帰りは来た道を戻る。30号線に出たら左。少し行くと右に北有馬駅。または駅手前右で北岡橋バス停へ。徒歩二十分。

7 原城跡

Site of Hara Castle

さあ、いよいよ、原城を見ねばならぬ時がきた。幕府軍十二万四千、一揆軍三万七千人――総勢十六万の軍勢が入り乱れて凄まじい死闘をくりひろげたこの城跡は、今もその死臭を残す濠や苔むした石垣を、まだところどころに残している。（略）

天草四郎の名によっても名高いこの乱は、かつて小西行長の家臣だった郷士に引率された三万七千の農民男女が、この原城（それまで古城）にたてこもり、窮鼠かえって猫をかむ反抗をはじめた時、その絶頂にたっした。反乱勢は天使や十字架をかいた旗を掲げ、本丸にも高い十字架をたて、昼夜一度ずつその前に集まって祈った。十二万四千人の幕府軍は三回にわたって猛攻撃を加えたがいずれも失敗、上使・板倉重昌は胸に銃弾を受けて石垣の塀から墜落、戦死する結果となった。

この重昌に代った上使・松平信綱は兵糧攻めの持久作戦を行い、海上からオランダ船をして砲撃させた。

やがて食糧も乏しくなった時、悽惨きわまる総攻撃がかけられ、夕方から翌日の黎明にかけて続いた戦いは午前十時に終り、本丸にいた天草四郎の首も細川家の武士によって挙げられた。生き残った者は老若男女をとわずすべてその場で処刑されたが、その数一万八千におよんだ。【切】

まだ女学生だった頃のサチ子も、友人と訪れている。

昼近くその島原から電車にのって原城跡を見物にいった。（略）駅をおりると午後の陽のなかで蟬しぐれである。

原城は別名、はるの城ともいった。切支丹弾圧と、きびしい税のとりたてに喘《あえ》いで、天草の農民たちも海をわたって、廃城だったこの城跡に仮の要塞《ようさい》をつくってたてこもった。幕府はオランダの力まで借りてこの城を攻め、多大の兵を失って突入した。そしてかくれていた女子供に至るまでこれを虐殺した。

兵士たちの雄たけび、鉄砲のひびきが渦まいたその城は、今は一面芋畠《いもばたけ》にかわっている。苔《こけ》むした石垣があちこちに残っているし、籠城《ろうじょう》のあいだ女や子供が雨露をしのいで住んでいた空壕《からぼり》もそのまま雑草がおいしげり、そのかわりキリギリスの鳴き声があたりの静寂を深めていた。立札を見て武田三枝子が、

「ここで三万人も殺されたとねえ」

「三万人も」

三万人と言えば彼女たちの純心女学校の生徒総数の何十倍にもあたる数である。その男女が皆殺しにあったのだ。キリギリスの鳴き声のなかでサチ子たちは彼等の血の匂いをかぎ、阿鼻《あび》地獄の叫びを聞くような気持だった。【女二】

【歩き方】島原鉄道原城駅、ないし原城駅前バス停下車。島原街道を直進。右・駐在所の看板の所の路地を反対の左へ入り、突き当たりを右。ポストのあるパン屋を左。道なりにまっすぐ進むと天草丸跡へ出る。潮の香りがする。内馬場跡、城壁跡、空濠の脇を通り、本丸跡へ。ここにも十字架が聳える。天草四郎の像も立つ。徒歩二十分。

原城は三方を海に面する、
天然の要塞だった［撮影・野中昭夫］

column

昔はもっと骨があった

戦時中、敵性宗教の名の下に少なからぬ弾圧を受け、精一杯の抵抗を示していたはずのキリスト教信者たちだったが、かつてコルベ神父の修道院にも潜入したことのある特高の小野刑事の目には、こんなふうに映っていた……。

火鉢をかこんで雑談にふけっていた同僚がこちらをみて、

「小野さん、今夜は雪でも降るごたっですたい。急に冷えてきましたもんな」

と言った。小野はうなずいて、

「そうじゃろ、夕方、大浦の天主堂まで行って来たばってん、海風の少し強かったけんな。こりゃあ夜になったら寒うなるて思うた」

と朝日の袋をポケットから出した。同僚は、

「大浦に行かれたとですか。ばってん、アーメンもこんごろは温和《おとな》しか。一向に反抗的な姿勢ばみせませんな。昔、浦上の百姓たちの、政府に反抗ばして信心ば守ったていうばってん、あげんことはもうこん時勢に起らんでしょうな」

「ああ、起らんじゃろう。俺も長かこと宗教関係の取調べばっかりやってきたばってん、新教徒の連中の、去年、岡山県で不穏か行動ば行ったぐらいで、今はみんな温和しかもんたい。特にカトリックの連中は、まあ、二人、三人、めんどうばおこしよったばってん、大体、静かたい」

「連中も我々ばおそれて、協力的態度ばみせておりますけん。小野さんも骨休めの出来てよかたい」

「うん」

刑事はマッチ棒で歯をほじくりながら言った。

「あん連中はすっかり骨抜きにされとるたい。昔の切支丹は、もうちと気骨のあった」【女二】

踏絵がなかったら……、戦争がなかったら……、何とかかんとかがなかったら……、誰でも良い人間でいられるのだろう。

五島に戻った時、信徒の人気者だったキチジローの姿が急にまぶたに浮んだ。迫害の時代でなければあの男も陽気な、おどけた切支丹として一生を送ったにちがいないのだ。【沈】

我々はみんなキチジロー……なのかもしれない。

8 玉峯寺

Gyokuhoji Temple

口ノ津を偶然、訪れた人は玉峯寺をたずねることを忘れてはならない。この玉峯寺はかつて切支丹時代に教会があったところであり、ここは二つの意味で切支丹に興味ある者には忘れられぬ場所だからだ。

第一にここは切支丹史上で有名な巡察師ヴァリニャーノ師が天正七年（一五七九）宣教師たちを招集して「口ノ津会議」を開いた場所である。これは当時の日本布教方法について非常に重要な意味をもった会議だが一般の読者にはあまり興味がないと思う。

第二にここは切支丹迫害が慶長十七年頃からこの有馬地方に始まった時の刑場になった場所でもある。

慶長十九年、ここでは七十人の信徒が五人ずつ呼び出され、撲られ、蹴られ、木に逆さづりにされ、指を切られ、額に十字架の焼印を押されて死んだ。中でもトマス荒木長右衛門は二時間も頑張った後に息たえ、また朝鮮から秀吉の征韓戦役で捕虜として連れてこられた朝鮮人の百姓ミゲルも殉教している。【切】

「私がその玉峯寺を訪れるたびに人影はいつも見あたらなかった。大きな楠の枝を通して海がみえる。左手は墓地になっている。その墓地がかつて切支丹が拷問、処刑された墓地と同じ場所なのか、どうかわからない」【切】＊

殉教地巡りの最後は、美しい港町、口之津で締めくくることにしよう。二度と帰らぬ青春の一日を、「あたかも戦のなきがごとく」振る舞おうと誓い合った修平とサチ子もまた、この町にたどり着く。

二人は口之津の町までくると何とはなしにおりてみたい気持になった。岬にかこまれた小さな入江があまりに美しく、静かだったからだ。（略）

石段の上に寺がみえた。石段をのぼったところに楠《くすのき》の巨木が子供をだく母親のように枝をひろげていた。

二人はその巨木の下に立って黒い屋根の重なるむこうに、ねむっている湾とねむっている海を眺めた。微風《そよかぜ》がその海から吹いてくる。

（戦争もなか。時間もなか）

と修平は思い、

「サッちゃん。やっぱり、来てよかったばい」と言った。【女二】

【歩き方】口之津駅または口之津駅前バス停下車。湾に沿い右へ回ると、高台の上にサチ子と修平の訪れたお寺が見える。徒歩十五分。

9 白浜のキリシタン墓碑
Shirahama Christian Tombstone

今日、この口之津の入江はあまりに静かで平和である。修平たちの運命をまったく連想させないほど静寂で、岬のむこうに浜が白く光っていた。

「サッちゃん。あん白か浜に行って貝ば拾おうか」（略）

裏路づたいに港に出て、そこから白い浜のほうに歩いた。

「ああ、奇麗か」

とサチ子が叫んだ。卵色の浜が眼の前に拡がっていたからである。

小さな子供のように、二人は靴をぬいで、浜をかけまわった。午後の陽光をうけて白い砂はほどよいあたたかさで素足を包んでくれた。白い砂のなかには、きらきらと反射する銀色や淡紅色の貝ががまじっている。それらの美しい貝がらを拾って、サチ子はハンカチに包んだ。

「来んね、気持んよかぞ」

「防風林の植えられた海浜にたった一つ、切支丹の蒲鉾型の墓が転がっている。花十字のついたその墓に埋められた人は男なのか女なのかもわからない。誰も訪れぬその海岸にたつと海の音がきこえる」【切】[右]
修平とサチ子が遊んだ白浜は、今日も波おだやか……[左] ＊

修平はズボンを膝までめくりあげて、泡だつ波うちぎわに足をひたした。（略）

サチ子もスカートをたくしあげて、水の中に入った。二人は列をくんで泳いでいる小さな魚をおどろかせたり、岩にへばりついている海藻の間を走る蟹《かに》をつかまえて遊んだ。あたかも戦などないかの如く。海と戯れ、光と戯れ、風と戯れ……。

「おう、船の出て行くばい」

さっきまでねむったように静かだった口之津の港から漁船が一隻、エンジンの音をこまかくたてながら沖へ向っていくのがみえた。（略）

「サッちゃん、こげん小さか町も顔のあるとばい。俺はさっきそげん感じた。人間の一つ一つの顔は過去の長か表情の集積て、誰かが書いとったばってん、こん町にも、悲しかったこと、うれしかったこと、さまざまの表情の集まって顔ばつくっとるとやろね。口之津の静かさは単なる静かさじゃなか。いろんなもんば見たりした静かさたい」【女二】

その通り、この町には、殉教があり、神の栄光があり、青春の帰らぬ一日があった――。

【歩き方】 口之津駅より、島原街道を加津佐方面へ歩くと、左に白浜海水浴場の標識が出るので曲がる。しばらく進むと、右・キリシタン墓碑との案内あり。徒歩十五分。右の松林を進むと墓碑はすぐ。

10 口之津からの帰り

On the Way Back from Kuchinotsu

サチ子と修平の宝石のような一日は、もう残りわずかだ——。

海にあたる陽が、ふと気がつくと、時がたつにつれて弱まった。さっきまで気持よく足に暖かかった砂浜に、夕方を思わせる影がさしてきた。もう帰らねばならぬ時間だった。戦のないかのごとくふるまう一日は終ろうとしていた。

「サッちゃん、そろそろバスの時間たい」

修平は海を見ながら、サチ子に帰り支度をするように言った。その後ろ姿がひどく寂しげだった。

「いや」

とサチ子は首をふった。（略）

駄々っ子のようなサチ子に、修平は自分が負けそうになるのを感じたが、

「いかん、なんば言うとっとか」

とその心と戦うように強い声をだした。

彼はこれ以上、サチ子の感情にひきずられてはならなかった。彼は間もなく入営する者の一人だった。ひょっとすると戦場に送られるかもしれない者の一人だった。

彼等にはこれ以上誰かを愛してはならぬ枷《かせ》がはめられている。修平はサチ子が見合いを知らせてきた時からその枷を思い、自分には彼女の生涯の幸福をみだす権利のないことを感じていた。（略）

「そげん、我儘《わがまま》ば言うもんじゃなかぞ。俺は帰るけん、サッちゃんは残りたければ、一人で残れ」

四、五歩、後を見ずに歩いた。後からサチ子の叫ぶ声がした。

「弱虫」

「ああ、弱虫たい。ばってん、俺どんは基督教信者ではなかかね。してよかことと悪かことの、最終的には俺どんにはあるとばい」（略）

口之津の港はもはや陽がかげり、蒼《あお》ざめかけていた。さっきまで眠っていたような町のあちこちに生活の物音がきこえ、赤ん坊を背負った少女が小さな路で友だちと縄とびをして遊び、七輪を出して魚を焼いている老婆もいた。これら人間の臭い——修平は、これらなつかしい人間の臭いを自分がもうすぐ嗅《か》ぐことが出来なくなるのだと思った。【女二】

【歩き方】墓碑からそのまま松林を抜け右に出る。海を背に島原街道へ向かう。左に鉄道駅を見、通りに出て左が久木山バス停。徒歩十分。ここより、諫早または長崎駅行きに乗ろう。途中、美しい夕日を見ることができるかもしれない。「旅」は終わった。

天草灘に夕日が沈む——。
修平とサチ子も、この美しい光景を、
きっと見たことだろう

column
神さまは……善きことのみなさる

「プチジャンさん」

一升徳利を口にあてて伊藤は急に真顔になった。

「俺あ、あんたに聞きたかことのある」

「はい」

伊藤のその顔があまりに真剣なのでプチジャンはうなずいた。

「切支丹たちは……なして、こげん意味のなか苦しみば辛抱するとですか」

伊藤はそれから吐きだすように、

「そいにあんたはこん俺を憎んどられるやろう」

と、この言葉を口にだした。

「俺はこん手でたしかに切支丹たちば叩いたり、責めたり、痛か目に会わしてきたもんな。ばってん、あん連中はじっと怺《こら》えとった。あげん辛か毎日やったとに一言も転ぶては口にせんやった。なしてやろか？」（略）

「神さまは……決して悪しきことば人には加えられませぬ」

かすかにその呟《つぶや》きが、まるで呻《うめ》きのようにプチジャンの唇から洩《も》れた。神はなぜ浦上のあの百姓たちにかくも辛い試練を与えるのか。神はなぜその力で彼等を救ってはくださらぬのか。神は彼のために苦しむ者を放っておかれるのか。

その疑問はあの日からプチジャンをずっと苦しめてきた。信仰心は時としてそのために暗い影のさすことさえあった。だが結局、彼は神は決して悪しきことを人にはなさらぬ、神はよきことのみを人に与えるのだとつとめて考えようとした。

「神さまは……伊藤さま、人間に善きことのみなされます」

「そしたら津和野であげんに苦しまされとる切支丹も、あんことは神とやらには善かことになるとですか」

伊藤はせせら笑った。狂信者か馬鹿でなければプチジャンの今のような答えは決して口に出さないだろう。伊藤のせせら笑うのも無理はなかった。

「はい」

「あん苦しみが善かことかね」

「今は我々には善きことのようには見えますまい。だがいつの日か、あれは善きことだったと思いあたる日の参ります」

「馬鹿らしか」

伊藤は咽喉《のど》をならしながら酒をのみほすと、

「なして、そげんことのわかる」

「誰にも理窟はわかりませぬ。しかし神さまの智慧《ちえ》や企ては人間のそれをはるかにはるかに超えております。私は嘘ば申しておるのではない。そのように思わばこそ、あの浦上の切支丹たちは苦患《くげん》に耐え、我らも同じに思うて祈り、考えて参りました」【女一】

最後の最後までうだつの上がらぬ小役人に過ぎなかったこの伊藤清左衛門だが、後、洗礼を受けることになる――。なぜ？

平《ひら》戸《ど》・五《ご》島《とう》列《れつ》島《とう》

ある日、遠い海から……

明治六年、永い禁教の日々も終わり、晴れてキリスト教を信仰できる時がやってきた。長崎は、全国でも古い教会が最も多く残る地である。貧しいながら懸命に、木を運びレンガを運んだ信徒たち。明治以降次々と建てられた美しい聖堂を波光きらめく、西海の島々にたずねた。

私たちはまた彼等から驚くような報告を受けました。彼等の部落オオドマリでは村民全部が役人たちの眼をのがれて今も基督教を信じているのです。そしてオオドマリだけではなく、その附近のミヤハラやドウザキやエガミとよぶ部落や村々にも表面、仏教徒を装いながら、しかし信徒である者があまたかくれているとのことでした。彼等はある日、遠い海からふたたび我々司祭たちが自分たちを祝福し、助けてくれる日を長い長い間待っていたのです。【沈】

「沈黙」の時代より更に、二百年以上の月日が流れ、今度こそ本当に、司祭たちがやってきたのである。平戸・五島の信徒たちの喜びは計り知れない……。

長崎ほど、教会が風景の中にしっくりとけ込んで見える土地は日本では他にない。切支丹全盛の頃、長崎市内だけでも十を超える教会がそびえていたというが、もちろん当時の教会は既にない。それな

聖フランシスコ・ザビエル記念聖堂（昭和6年竣工）と光明寺（浄土真宗）、瑞雲寺（曹洞宗）が形づくる不思議な風景。まるで切支丹時代に迷いこんだかのような気分にさせられる

田平教会の墓地から平戸島をのぞむ。田平のカトリック教徒は、明治中期にド・ロ神父の斡旋により、外海地方から移住してきた人たちである

水の浦教会は、
福江島北部の静かな入江に
白く気高い姿でのぞむ。
設計・施工は鉄川与助。
昭和13年献堂式

貝津教会は福江島西部の小さな教会。
清楚なステンドグラスがとても印象的。
大正13年竣工

のに例えば平戸市の、聖フランシスコ・ザビエル記念聖堂の附近を歩いていると、これは切支丹時代からずっと続いてきた情景ではないのかと、ふと錯覚をおぼえる。石畳の坂道、うずくまる猫、お寺の屋根の重なり、その向こうに見える教会の尖塔……すべてが馴染みあい、黄昏の空気に溶け込んでいた。

　昼下がり、静かに扉を押して、聖堂のなかへ入ってみる。貝津教会では、シンプルな幾何学紋のステンドグラスからこぼれる光に、見れど飽かぬ心地がした。海を眼下にした水の浦教会の気高い姿も忘れられない。五島の教会はみな小規模だが、これほど人の思いのこもった建築も稀ではないのか。どこの教会でも静寂のかなたに、夏鶯と蟬の声が聞こえた。

【歩き方】田平、平戸は、佐世保よりバスまたは松浦鉄道で一時間半程度。五島列島福江島は、長崎より飛行機で三十分、船で一時間半程度。

column
サチ子の思い

ロドリゴの棄教、信徒発見、被爆……。我々は、「長崎」の悲劇と栄光の全てを見、歩いてきた。同様にサチ子は、平凡な一人のキリスト教徒として、長崎の全てを体験し、そして町を離れ、今、思うこと——。

もう長いあいだ長崎に戻っていない。（略）長崎に帰らないのは、辛い思い出があの路《みち》この坂で、あまりに触発されるからでもある。浦上の親類の半分とも純心の頃の学友たちの多くが、あの八月九日のため、次々に死んでしまった。そして大浦の教会に行けば行くで、一人の男の顔が悲しく心にうかぶ。

サチ子の知っている長崎は、むかしのままの面影をのこして心の箱のなかにある。それは彼女一人の秘密だ。夫や子供たちに話さないこともそのほかにある。

毎年一回、あの日がくると、彼女は午後、家を出る。あの日とは忘れもしない、修平から最後の手紙をもらった夕暮の日のことである。それを彼女は修平の命日だと自分の心のなかで決めているのだ。

今日も四ツ谷まで電車で行き人々の列にまじって、土手ぞいの路を上智大学にむかう。それから（略）ひっそりと静まりかえった洋館のなかに入る。

その洋館が修平が手紙にいつも書いていたクルトール・ハイムなのだ。静寂な階段をのぼると、そこに彼が（友人の）大橋と腰かけていたチャペルが昔そのままに残っている。（略）

誰もいないその聖堂にじっと腰をおろすと、三十数年前ここにいたろう修平の姿がうかんでくる。（略）

（神さま。わたしは普通の主婦です。日本のどこにでもいる平凡な、普通の主婦です。しかし、そんな平凡な主婦のわたしの人生にも、神さま、あなたはたくさんのものを与えてくださいました。家庭を持つ倖せ、子供を持つ楽しさ、そして、本当の恋もしました。倖せや悦《よろこ》びだけではなく、戦争や大切に大切にしていたものを失う苦痛と悲しみもくださいました。コルベ神父さまのような聖者にも会わせてくださいました。苦痛と悲しみとは神さま、わたしにあなたの本当の御心《みこころ》を疑わせたこともありましたが、その疑いがかえってあなたを今でも求めさせます。あなたがくださった宿題はあまりに多すぎますけれど、有難うございました）

そんな祈りにもならぬ祈りを祈っていた時、足をしのばせ一人の小肥りの男が、おずおずと聖堂に入ってきた。（略）うしろ姿からサチ子は、はっと感じた。この人が修平の友だちの大橋真也だということを……。

大橋は腰かけ、じっとうなだれていた。そして十分ほど、その姿勢を保ったのち、また、おずおずと聖堂を出ていった。彼の靴音が階段をおり、やがて消え、建物のなかにふたたび静寂が戻った……。

サチ子はあとを追わなかった。人生はこの形でいいのだと耐えていた。【女二】

本書は、「芸術新潮」2000年10月号特集
「遠藤周作『沈黙』のふるさと 長崎切支丹ジャーニー」
を再編集、増補したものです。

［主要参考文献］

「沈黙」遠藤周作　新潮文庫
「女の一生　一部・キクの場合」
遠藤周作　新潮文庫
「女の一生　二部・サチ子の場合」
遠藤周作　新潮文庫
「王の挽歌」遠藤周作　新潮文庫
「母なるもの」遠藤周作　新潮文庫
「遠藤周作文学全集」新潮社
「切支丹の里」遠藤周作　中公文庫
「日本紀行」遠藤周作　講談社文庫
「日本紀行」遠藤周作　光文社文庫
「切支丹時代」遠藤周作　小学館ライブラリー
「夫の宿題」遠藤順子　PHP文庫
「夫・遠藤周作を語る」遠藤順子　文春文庫
「長崎の殉教者」片岡弥吉　角川書店
「長崎県の歴史」瀬野精一郎　山川出版社
「殉教者の道をゆく」島原カトリック教会
「バス旅行のための長崎探訪」井上康宏

遠藤周作 えんどう・しゅうさく
1923（大正12）年、東京生れ。
幼年期を旧満州大連で過ごし、神戸に帰国後、
11歳でカトリックの洗礼を受ける。
慶應義塾大学仏文科卒。フランス留学を経て、
1955（昭和30）年「白い人」で芥川賞を受賞。
一貫して日本の精神風土とキリスト教の問題を
追究する一方、ユーモア作品、歴史小説も多数ある。
主な作品は『海と毒薬』『沈黙』『イエスの生涯』
『侍』『スキャンダル』『遠藤周作で読む
イエスと十二人の弟子』（いずれも新潮社刊）等。
1995（平成7）年、文化勲章受章。1996年、病没。

ブックデザイン　野澤享子
地図製作　網谷貴博（ジェイ・マップ）

「周作クラブ」のご案内
遠藤周作没後に発足した「周作クラブ」は、遠藤文学や狐狸庵エッセイと人生でふれ合った人々の集まりです。会員になると、遠藤文学に関する情報などが載った会報が送られるほか、クラブ主催の勉強会やパーティー、遠藤作品の足跡を訪ねる旅などに参加できます。また、これから遠藤作品を読んでみたいという方も歓迎します。
入会申込み先
〒154-0011　東京都世田谷区上馬4の29の17　加藤宗哉事務所内「周作クラブ」
ハガキかファックス（03-3411-7939）でお問い合わせ下さい。折り返し、会報や入会申込用紙などお送りいたします（入会費用はナシ。年会費は3千円です）。

遠藤周作《えんどうしゅうさく》と歩《ある》く「長崎巡礼《ながさきじゅんれい》」

発行　2006年 9月29日
7刷　2018年 9月20日

著者　遠藤周作《えんどうしゅうさく》　芸術新潮編集部《げいじゅつしんちょうへんしゅうぶ》 編
発行者　佐藤隆信
発行所　株式会社新潮社
住所　〒162-8711　東京都新宿区矢来町71
電話　編集部　03-3266-5611
読者係　03-3266-5111
http://www.shinchosha.co.jp
印刷所　大日本印刷株式会社
製本所　加藤製本株式会社
カバー印刷所　錦明印刷株式会社

ISBN978-4-10-602149-7　C0390